日常小感

堀辰雄 著
蘇暐婷 譯

堀辰雄小說名作選

直到生命的最後一刻，都要好好活著

目次

導讀
愛與死亡——堀辰雄的出發

◎王憶雲（國立臺灣大學日本語文學系副教授）

如果沒有宮崎駿的《風起》，或許在中文閱讀圈裡並不會有太多人知道堀辰雄這個名字；正因有了那部原本是大師封筆之作的《風起》，堀辰雄的小說便跟著流行而有了中文翻譯，無論簡繁。的確，這些譯本讓我們更清楚地知道宮崎駿在堀辰雄的作品中抽取出來的部分時代面貌，也讓我們理解宮崎駿運用了哪些素材去虛構出主角堀越二郎的人生，儘管我們在電影中看到的已是宮崎駿色彩鮮明的世界，文學作品本身的內容自是淡了一點。因此，若我們想回頭問問，不管是在日本近代文學之中，或是在現在我們所身處的時代之中，這位作家的人生究竟有什麼特別之處，他的作品有什麼地方值得一讀，除了源自於他與矢野綾子的經驗而書寫的愛情以外，其實不應該錯過堀辰雄的早期那些極其「現代」實驗性的作品。

但讓我還是依循宮崎駿《風起》與堀辰雄〈風起〉的關聯，讓我引用宮崎駿為了《風起》所撰寫的企畫書，關於作品的背景時代寫照如下：

> 我們的主角所生活的時代，同樣有著瀰漫於當代日本的封閉感，但更為強烈。關東大地震，世界經濟大恐慌、失業、貧窮與肺結核，革命與法西斯主義，對言論自由的打壓以及一場又一場的戰爭；另一方面，大眾文化開花結果，現代主義與虛無主義、享樂主義橫行。那是個詩人在旅途中病倒而死去的年代。

在那一個劇烈跌宕起伏的時代，堀的母親便因關東大地震而撒手人寰。但在地震發生以前，母親帶著堀辰雄拜訪了當時居住在東京田端的詩人室生犀星，這是個決定性的事件——因為透過室生犀星，堀辰雄才得以認識了芥川龍之介，以及另外一個影響他甚鉅的詩人萩原朔太郎。

本書收錄的〈草帽〉這篇小說第三章，以「下一個暑假，我與前陣子結識的某位著名詩人，一起去了某座高原」開始的敘述，便是來自室生犀星於一九二三年八月帶著堀辰雄第一次來到輕井澤的親身體驗。「我曾經偷偷夢想，那些在路過時向詩人致意的女孩中，將來會有一位成為我的伴侶。為了實現這個美夢，我認為自己也得儘早成為遠近馳名的詩人」——這樣的心境與憧憬，除了定義著自己與文學之間的關係，也讓輕井澤這個度假勝地在他的文學世界中形成一個特殊的空間。

在堀辰雄自身的文章經常提及的師承，除了以上幾位作家以外，佐藤春夫對他的創作手法也有莫大的影響；從文學史的觀點來說，他又是扮演繼承「新感覺派」代表作家橫光利一、川端康成的現代主義者。一九二五年四月，他成為東京帝國大學的學生，進入國文科就讀，將自己對於文學的意志轉換成實際行動。這時，他在室生犀星的家裡，認識了同樣對文學有著夢想的中野重治、窪川洋次郎等人，他們後來有志一同地發行了同人文學誌《驢馬》（雜誌封面只有簡潔而巨大的「驢馬」兩字），這個時期的堀辰雄也接觸了法國作家尚・考克多（Jean Maurice Eugène Clément Cocteau, 1889-1963）、阿波里奈爾（Guillaume Apollinaire, 1880-1918）、拉迪蓋（Raymond Radiguet, 1903-1923）等人的作品，堀試著翻譯詩、評論、小說，並模仿——〈笨拙的天使〉的結構與手法便來自於考克多的小說。堀辰雄與西洋文學的關係當然並非只有這些，屠格涅夫、惠特曼、普魯斯特，還有其他法國象徵主義的詩作、德語詩人里爾克（Rainer Maria Rilke, 1875-1926）又或是叔本華、尼采的哲學都對他有莫大的影響。從文學生涯起步時嘗試寫詩，直至小說的技藝成熟，堀辰雄的文學都有各種不同的影子。

天使們
為了我的早飯
用腳踏車送來的

麵包和湯和花

——堀辰雄〈天使們〉（1927）

堀辰雄在寄給神西清的信中是這麼自述的：「《驢馬》之中一匹異種如我，徹底自由地書寫著。」文學青年與《驢馬》的夥伴一同磨練筆鋒，但接下來他必須面對的課題是一九二七年七月二十四日的大事件，芥川龍之介在這天選擇了自己結束生命。這年，堀辰雄二十四歲，如同芥川龍之介在二十五歲的時候面對恩師夏目漱石的病逝，他們都必須面對巨大存在的消逝。

芥川自死後，堀參與了他的全集編輯，並在大學畢業時交出了論文〈芥川龍之介論〉，以一個親炙芥川人與文學的弟子身分，書寫前輩展現出的藝術與現實間的扞格。堀在論文中寫道：「但是他在最後，以他的死，為我徹底地打開我的眼睛。」這讓人想到後來的〈聖家族〉著名的開頭，堀辰雄的文學人生在此不得不邁向另外一個季節。

當時與左派抗衡的代表性文學雜誌是由菊池寬創立的《文藝春秋》，〈笨拙的天使〉成功地於《文藝春秋》一九二九年二月號刊登，堀的作品離開了同人雜誌，進到了文學讀者的眼中，因此這一篇被視為他的文壇處女作（在當時，真正廣受好評的，則得等到〈聖家族〉的問世）。

隔年改造社發行的《新銳文學叢書》系列出版了《笨拙的天使》一書，他的第一本作品集。這本收錄早期習作的作品集分成三個部分：〈魯本斯的仿畫〉、〈笨拙的天使〉、〈死之素描〉等小說；〈風景〉、〈在音樂之中〉等小品、詩作；〈阿姆斯特丹的水手〉等阿波里奈爾的詩作翻譯。當時，新興藝術派繼承了新感覺派的文學前衛理念，試圖共時地仿效歐洲文藝，來表現二十世紀初期的狀況——堀辰雄的〈魯本斯的仿畫〉、〈笨拙的天使〉便是其中不同面向的嘗試。

即便是到了現在，重讀堀辰雄的這些短篇作品依然新鮮。〈魯本斯的仿書〉是幾乎不像日文的日文，非一般日文構句方式的文體，看似阻礙讀者的腳步，卻又確實地將我們帶進特異的世界，需要梳理才能推測「他」與「少女」的戀愛是否結束，又或是只需要想像主角的內心風景便已是這篇作品的存在價值；大正中後時期邁向成熟的私小說，通常展現出主角深刻的內心糾葛，而〈笨拙的天使〉則是更進一步，讓我們看到心理分析可以架構出怎樣的小說，而且擁有一種特別的速度感（的確如同他的恩師室生犀星所說），那題材也是我們熟悉不已的，對另外一個人的戀愛心理。閱讀這些初期作品，不但能看出當時文學與電影的緊密關係，也不會意外堀辰雄往後會深深沉迷於普魯斯特，在這些技巧的進化中，他讓自己在〈聖家族〉審視死亡，而且那不只有恩師芥川龍之介的死，矢野綾子的死更讓他在那往往看似毫無變動的生活中，生其實確實存在。〈風起〉這麼寫道：

是我們日復一日過著差不多的日子，逐漸失去了對時間的概念。那些缺乏時間概念的歲月裡，日常生活中每一點芝麻綠豆的小事，都散發著前所未有的魅力。她的體溫、她迷人的幽香，她略微急促的呼吸、她牽著我手的柔荑、她的一顰一笑，以及偶爾的閒話家常——那些日子單調到除去這些便什麼也不剩，但我們的人生本來就是由這些點滴匯聚而成的，只要與她分享，再芝麻綠豆的小事都能讓人心滿意足，對此我深信不疑。

於是再回到宮崎駿所描述的：「詩人在旅途中病倒而死去的年代」——那個從大正到昭和的時空背景，肺結核只能靠著療養的時代，本書的文字大多（包含這則導讀）是一個作家的起步，當然亦是探問生死的開始。在這些作品以後，在肉身病倒死去以前，堀辰雄自然還有另外一場後半生的追尋。

草帽

堀辰雄（ほり たつお，1904 年— 1953 年）

不再像去年一樣親暱地找我聊天，也不再戴那頂讓妳顯得天真無邪的紅色櫻桃草帽，而是像個年輕女子把頭髮編得如一串葡萄。

那年我十五歲，妳十三歲。

我與妳哥哥們在長滿白苜蓿花的草原上練棒球，妳帶著年幼的小弟遠遠地看我們練習，摘著白花編花圈。球高高地飛起，我全力奔跑，手套碰到了球，腳卻踩滑了，我從草原摔進田裡，變成了一隻土撥鼠。

我被帶到附近農家的水井，在井邊脫得一絲不掛。妳聽到有人喊妳，小心翼翼地捧著花圈跑來。赤裸令我的視角有了一百八十度的轉變！在我眼中一直是小妹妹的妳，來我面前時突然成了亭亭玉立的少女。赤裸的我一陣手忙腳亂，趕緊用手套遮住性徵。

大家都回去練球了，只剩害羞的我與妳留在井邊。妳幫我清洗沾滿泥巴的褲子時，我為了掩飾害臊而耍寶，把妳帶來的花圈代替帽子戴在頭上，逗妳開心。我一動也不動地站著，宛如一座古老的雕像，帶著滿臉的紅暈……

1

暑假來臨了。

春天剛入住的新生彷彿一大群木蜂，嗡嗡作響地飛離宿舍，去尋找各自的野玫瑰……

那我呢？我沒有鄉下可去，因為我家就在大都市的鬧區，而且我是獨生子，膽子又小，離開爸媽獨自旅行對我來說談何容易。可是，這次的情況跟往年不太一樣，我已經升學了，因此今年暑假我多了一道暑假作業——去鄉下找一名女孩。

我無法自己前往，只好在大都市裡等待奇蹟發生。皇天不負苦心人，我從妳哥哥們那裡收到一封意外的邀請函，信裡說他們正在Ｃ縣的某個海灘過暑假。

哇，這不是我小時候的好哥兒們嗎！我在記憶中摸索，腦海中立刻浮現出妳身穿純白運動服的兩位哥哥，他們的年紀都比我大一點，以前我和他們幾乎天天一起練棒球。記得有一天我摔進田裡，只好在拿著花圈的妳身旁脫得一絲不掛，羞得滿臉通紅……後來兩位哥哥都上了外縣市的高中，一轉眼便過了三、四年，我就很少有機會和他們一起玩了。那段時間只剩我和妳三不五時在鎮上遇到，但我什麼話也沒有說，只是紅著臉向妳點頭。妳身穿女校制服，擦肩而過時，我都在聽妳小巧鞋子發出的腳步聲……

我央求爸媽讓我去那個海灘，他們總算答應我可以逗留一個禮拜，我便提著裝滿泳具和手套而變得沉甸甸的籃子，心花怒放地出發了。

那是一個叫做T……的小村莊，你們向某戶農家租了一幢簡陋的屋舍，在花草樹木的環繞下過暑假。我抵達的時候，你們正好去了海灘，剩下令堂和我不熟的妳姊姊兩人在看家。

我問了去海灘的路，立刻打赤腳奔向松樹林中的那條小徑。炙熱的沙子散發出一種像烤麵包的香氣。

海灘上陽光燦爛，刺眼的光芒令我的視野一片模糊，感覺要化成某種小妖精，才能進到光裡。於是我像個盲人，一邊用手摸索，一邊小心翼翼地跨步。

一個半裸的女孩模糊地映入眼簾，一群小孩正興致勃勃地在用沙子把女孩埋起來。我心想那會不會是妳，於是靠了過去……一張我不認識的小黑臉從碩大的沙灘帽底下露出來，朝我瞥了一眼，隨後又若無其事地縮回海灘帽底下……我的腳步停了下來。

我任雙腳陷入流沙，朝著海面大喊「哈囉」……接著，從那片耀眼到我什麼都看不見的海面上，傳來了「哈囉、哈囉」的回音。

我迅速脫下外衣，全身只剩一條泳褲，準備朝聲音的方向盲目地衝過去。

就在那一瞬間，我的腳邊也傳來一聲「哈囉」。我轉過頭，剛才那名女孩笑瞇瞇地從沙子裡探出上半身，這次我總算看清楚了。

「居然是妳？」

「剛才你沒認出來嗎？」

泳裝真是不可思議，當我脫到只剩一條泳褲的時候，我就變成了小妖精的一員，不僅身輕如燕，連之前模模糊糊的視野都頓時清晰起來……

鄉村生活教會我，在城市中看似複雜的愛情，也可以非常簡單。想要贏得一個女孩的芳心，最好的方法就是融入她的家庭生活。多虧我和你的家人同住，才能近水樓台。我馬上就觀察到哥哥們是妳最欣賞的男孩類型，而他們都熱愛運動。所以，我也盡力參與體育活動。他們很疼妳，但也喜歡捉弄妳，於是我也有樣學樣，玩遊戲時都故意不讓妳參與。

當妳和小弟在浪花滾滾的沙灘上玩耍時，為了讓妳刮目相看，我都會跑去海裡和妳哥哥們一塊游泳。

海水非常清澈，在海裡游泳時，我們划水的身影也與魚的影子一同映照在水底。當天空飄來和我們輪廓相似的雲朵時，我甚至覺得那說不定是我們投映在天空的倒影……

我們所住的鄉下屋舍，背面有許多豢養家畜的小屋，兩邊只隔了一面牆，宛如一枚銅錢的正反兩面。有時家畜會交配，呻吟還會傳到我們家。出了後院木門有一座小牧場，一對牛夫妻總是在那裡吃草。傍晚牠們消失無蹤以後，我們就會在那邊練傳球，此時妳也會跑來玩耍，有時是和姊姊，有時是和小弟。妳還是一如往昔地在遠處摘花、唱剛剛學會的讚歌，唱到卡住的時候妳姊姊便輕聲接著唱。年僅八歲的小弟總是在妳身旁跟前跟後，他還太小了，不能與我們打成一片。妳每天都會親小弟一下，這是妳的日常功課之一。「今天還沒有親親……」妳會這樣說著，把小弟拉到身邊，在我們面前稀鬆平常地吻他。

此時我投球的動作雖然沒有停，卻總會瞄向你們。

那座牧場對面是一片麥田，麥田之間流著一條小溪，我們常常去那裡釣魚。妳總是提著魚籠，帶著肩上扛補蟲竿的小弟，一路跟在我們後面。我很怕蚯蚓，只好請妳哥哥們幫我把蚯蚓穿在釣鉤上，但我的魚餌一下就被吃掉了，他們後來嫌麻煩，便把這個任務轉交給在旁邊觀摩的妳。妳跟我不一樣，一點都不怕蚯蚓。為了幫我把蚯蚓穿到吊鉤上，妳彎腰靠了過來。妳戴著一頂漂亮的草帽，上面有紅通通的櫻桃裝飾，柔軟的帽緣輕輕摩挲著我的臉頰。我偷偷深呼吸，可惜沒有聞到妳的香味，只聞到草帽若有似無的焦味……那種感覺非常空虛，甚至讓我覺得被妳騙了。

T村是個名不見經傳的地方，除了我們以外，沒有任何遊客前來避暑。我們成了這個小村莊的名人，去海灘時，總會有一堆人圍著我們。純樸的村民誤以為我是妳哥哥，令我沾沾自喜。

令堂與我媽不同，關心孩子時並不會讓孩子有壓力，她對我就像對自己的小孩一樣，不太加以約束，因此我相信她滿喜歡我的。

約定好的一個禮拜過去了，但我一點也不想回大都市。

唉，如果我跟妳哥哥們一樣，單純只想捉弄妳，應該不至於淪陷才對！我突然著了魔，非常渴望與妳單獨出去玩，哪怕只有一次也好。

「你會打網球嗎？」有天妳問我。
「嗯，會一點點……」
「所以程度跟我差不多囉？……要不要來切磋一下？」
「可是要去哪裡打？我們又沒有網球拍。」
「去小學就能借到。」
這是與妳獨處的大好機會，我說什麼都不想放過，便撒了一個立刻會被拆穿的謊。其實我從來沒有拿過網球拍，不過對手既然是女生，我應該很快就能占上風，畢竟妳哥哥們都說網球只是雕蟲小技。在我們的邀約之下，哥哥們也一起去了小學，因為在那裡可以擲鉛球。
小學庭院裡開滿了夾竹桃，哥哥們立刻在夾竹桃樹蔭下擲起鉛球。我和妳則跑到遠一點的地方用粉筆畫線、搭網子，然後拿起球拍對峙。豈料開打後，妳揮球的力道比我想像中強，導致我接下的球一直觸網。來回五、六次後，妳臭著臉扔下球拍。
「我不打了。」

「為什麼？」我戰戰兢兢地問。

「因為你根本就不認真……這樣一點也不好玩。」

看來我的謊言並沒有被識破，但妳這樣誤會反而更令我難過。比起成為一個不解風情的人，我寧願當個騙子。

我鼓著嘴，一句話也沒有說，只是擦掉汗水。不知道為什麼，從剛剛開始，夾竹桃的粉紅花朵就變得格外刺眼。

這兩三天，妳都穿著一件鬆垮垮的灰色泳裝。妳不喜歡這件泳裝，可是之前的泳裝莫名其妙在胸口破了一個像心臟的大洞，妳只好向不太到海邊戲水的姊姊借了泳裝來穿。這個村子買不到新的泳裝，得去一里外有車站的城鎮購買。於是某一天，我便自告奮勇去幫妳買泳裝，以彌補我在網球上對妳的虧欠。

「哪裡可以借到腳踏車呢？」

「理髮店吧……」

我戴起大大的海灘帽，騎上理髮店的舊腳踏車，頂著豔陽出發了。我在那座城鎮逛了好幾家洋裝店，挑女孩的泳衣挑到流連忘返！即便早就找到適合妳的泳裝，我仍在假裝挑選，就為了一飽眼福。之後我去了一趟郵局，發電報給我媽。

「寄一些糖果來。」

隨後我便流著滿頭大汗，像個即將抵達終點的自行車選手，拚命踩著踏板回到了村裡。

之後又過了兩三天。某一日，我們躺在沙灘上輪流幫彼此洗沙浴。輪到我的時候，我全身都被埋進沙堆裡，最後剩一張臉露在外面。妳細心地調整沙堆，就在我任妳擺布的時候，我隱約看到對面大松樹下有兩位太太，從剛才就一直望著我們有說有笑。戴海灘帽的那位好像是令堂，另一位撐著黑色陽傘，我在村裡沒有見過她。

「哎呀，是小辰的媽媽！」妳拍拍泳裝上的沙子，站了起來。

「嗚……」我氣若游絲地回答。大家都站了起來，只剩我一個人仍然埋在沙堆裡。

我的心臟跳得好快，因為我就要瞞不住我媽了。我浮在沙堆上的臉變得陰陽怪氣，恨不得把頭也埋進沙子裡！怎麼會變成這樣？是因為我從鄉下寫信給她，強調自己很想家很難過嗎？我以為這樣她會高興……難道她看我離家這麼遠又難過，心中不捨就跑來接我了嗎？……而我如今卻瞞著她，和女生開開心心地在洗沙浴！

咦，等等，看剛剛的樣子，妳好像認識我媽！這怎麼可能？……我從沙堆裡悄悄觀察大家，看來我媽和你們一家人早就認識了，我卻毫不知情。這表示別說瞞過我媽了，我反而被她擺了一道。我猛然撥開沙子站起來，這次換我看看她有什麼事情瞞著我！我尾隨大家一塊回屋舍，一邊偷偷向妳套話。「妳怎麼會認識我媽啊？」「你媽每次運動會都有來啊，她都和我媽一起看比賽。」這件事我從頭到尾都被瞞在鼓裡，因為從小學開始，我就覺得在外人面前和我媽講話很彆扭，老是躲開她……

——直到現在也是如此。大家都在井邊沖洗好身體了，唯獨我為了躲開我媽，一直在那裡拖拖拉拉……我在井邊蹲下，幸好背後長了跟我差不多高的大理花，因此從屋舍完全看不見我，倒是我可以清楚聽到他們講話的聲音。他們在聊我發的糖果電報，大家捧腹大笑，連妳也在笑。我害臊地取出夾在耳後的香菸抽了幾下，被煙嗆到好幾次。這一連串動作遮掩了我的尷尬。

有腳步聲慢慢靠近，是妳。

「你在做什麼？……你媽已經要回家了，還不快來！」

「我想抽完這根菸……」

「你哦！」妳與我四目相接，笑了一下。這一瞬間，我們發現屋舍突然安靜了下來。

我媽特地帶了糖果和一些禮物來，我這個做兒子卻一句話也不肯和她說。她搭人力車離開時，還從車上頻頻回頭看我，彷彿要確認我是否真的是她兒子。直到她的身影完全消失，我這個做兒子的才喃喃自語了一句「媽，對不起」，音量小到彷彿要讓自己都聽不見。

海浪一日比一日洶湧，每天清晨沖上岸的漂流物也隨之遽增。跳進海裡游泳馬上就會被水母螫到，因此我們乾脆不游泳了，改成一路沿著沙灘，蒐集散落在各地、形形色色的漂亮貝殼。我們存了很多這樣的貝殼。

出發前幾天，我正打算去井邊清洗因傳球而弄髒的手時，發現令堂在罵妳。我總覺得這件事與我有關，但偷聽需要一些勇氣，膽小鬼如我實在缺乏膽量，只好轉身離開。後來，我一個人偷偷跑去井邊觀察了一下，發現我的泳褲依然捲成一團扔在角落。我大吃一驚，平時我只要把泳褲放在那裡，妳就會幫我和哥哥們的泳褲一起洗乾淨並晾起來，我想剛才妳就是因為不洗才被罵的。於是我悄悄把那件泳褲的水擰乾，一如往常地掛到了竿子上。

第二天早上，我若無其事穿上了那件沾滿沙子的泳褲。不知是否是我多心，總覺得妳看起來有些悶悶不樂。

終於，假期結束了。

我和妳的家人一起回去大都市。火車上有好幾名在避暑勝地把臉曬黑的女孩，妳與她們一一比較膚色，發現自己比所有人都黑，還因此洋洋得意。我倒是有點失望，不過，妳戴的那頂紅色櫻桃草帽，非常適合妳黑黑的大真臉蛋，於是我就釋懷了。若妳發現我在火車上愁眉苦臉，那是因為我在擔心我暑假作業的最後一題寫不好。突然間，我聽到令堂在跟兩個哥哥討論到下一站要買三明治，我馬上變得緊張兮兮，深怕自己會被忽略。於是抵達下一站後，我迅速跳到月台，一個人買了很多三明治來分給你們。

2

秋天的學期開始了，你哥他們回到外縣市的學校，我則再次住進宿舍。每週日我都會回家，然後見到我媽。從那時候起，我和我媽之間就染上了一抹悲劇色彩。互相關愛的兩人必須一同成長，才能保持平衡，但雙方若是母子，就會難上加難。

住宿的時候，我很少想到我媽，因為我覺得媽媽永遠都不會變。倒是這段期間，我媽一直很擔心我，她怕我會不會在那短短一星期內突然長大，變成一個她完全陌生的青年。後來只要我從宿舍回家，她就一定要從我身上找出以前的孩子氣，否則便坐立難安。不僅如此，她還會刻意培養我的孩子氣。

若我在該成熟的時候依然像個小鬼頭，甚至一無是處，媽，這都要怪妳……

某個禮拜天，我從宿舍回家時，發現我媽不像平時那樣梳成圓髻，而是把頭髮束起來，我從來沒看過她綁這種髮型。我盯著她，有點尷尬地說：

「媽，妳綁這樣不好看啦……」

從那以後，我媽再也沒有綁過那個造型。

儘管如此，我依然天天在宿舍練習長大。我開始不聽我媽的話，把頭髮留長，以便掩蓋我的稚氣。我強迫自己忽略我媽，故意用我討厭的菸霧來折磨自己。我的室友們偶爾會收到女生所寫的匿名信，大家會把當事人圍起來，聽他們紅著臉、半真半假地輪番描述匿名女生的事。我也想成為他們的一分子，卻只能天天乾著急，盼著有朝一日妳或許也會寫一封匿名信給我。

有一天，我從教室回到宿舍，發現書桌上有一個小小的女款信封。我心跳加速地拿起來一看，原來是妳姊姊寫給我的信。她從女校畢業後仍在學英文，我便送了兩、三本英文書給她。這段期間我一直很期待她的回信，她也真的寫信來道謝了。妳姊姊是個嚴謹的人，當然有好好簽名，讓人一眼就能看出寄件人。因此這封信並沒有引起大家的好奇心，只有害我被揶揄幾句而已。

不過，就算只收到這樣的信也很好，所以我後來仍然三不五時寄書給妳姊姊，而妳姊姊也一定會回信。唉，如果信上沒有工整的簽名，該有多好啊……

最後我左等右等，還是沒有等到匿名信。

很快的，夏天又來臨了。

我再度受你們之邀來到Ｔ村。這個小小的村莊跟去年一樣美麗，我們來避暑時遍布村莊各個角落的夏日回憶，重新浮現於我腦海。然而在我看來，今年與去年相比其實改變了不少，尤其妳家人對我的態度，變得很神經質。

話說回來，想不到才隔不到一年的時間，妳就女大十八變了！眉宇間也多了幾分憂愁，我都差點認不出妳來了。妳不再像去年一樣親暱地找我聊天，也不再戴那頂讓妳顯得天真無邪的紅色櫻桃草帽，而是像個年輕女子把頭髮編得如一串葡萄。妳雖然會穿著灰色泳裝來海灘，但即便被我們晾在一旁，妳也不再像以前那樣纏著我們不放，而只是找小弟玩一下。我覺得妳好像背叛了我。

每個星期日，妳都會和妳姊姊一起去村裡的小教堂。這麼說來，妳好像突然變得很像妳姊姊。妳姊姊和我同齡，身上總是散發著像是洗完頭髮後的刺鼻香味，但個性溫柔婉約又乖巧，而且整天都在學英文。

隨著妳長大，姊姊的影響力似乎突然取代了以前哥哥們對妳的耳濡目染，可是妳為什麼要一直躲我呢？我實在是一頭霧水。難道說，是妳姊姊暗戀我，而妳知道了，所以決定自我犧牲？想到這裡，我突然憶起和妳姊姊來往的幾封書信，整張臉羞得通紅……

妳們在教堂的時候，村裡的年輕人常會跑去招惹妳們，口中講些不三不四的話，令妳們不堪其擾。

某個星期天，趁著妳們在練習唱讚歌，我與妳哥哥們躲在教堂角落，每個人手裡都拿著棍子，準備伺機修理村中那群小混混。小混混們渾然不覺，跟平常一樣嘻皮笑臉地來調戲妳們。妳哥哥們突然開窗，氣勢洶洶地痛罵他們一頓，我也有樣學樣……小混混們被殺了個措手不及，慌慌張張夾著尾巴溜走了。

我洋洋得意，好像是我一個人把他們趕跑了一樣。我轉過頭看妳，希望妳能好好誇獎我，赫然發現有一個臉色蒼白、瘦弱的青年站在妳身旁，與妳肩並著肩。他神色驚恐地盯著我們，我心裡有股不好的預感。

妳介紹我給那位青年認識，但我故作冷淡，只是點了點頭。

他是村裡布裝老闆的兒子，因為生病而國中輟學，搬到鄉下隱居，只靠講義等筆記自學。我的年紀比他小很多，他一直向我打聽學校的生活。

我馬上就察覺，這位青年對我的態度比對妳的兩位哥哥還親切，但我實在很難喜歡他。若他不是我的情敵，我應該根本懶得理他，偏偏我比任何人都先發現他喜歡妳。

這位青年的出現就像一帖猛藥，令我返老還童。最近的我總是有點悶悶不樂，但現在又變回了從前那個快樂的男孩，與妳哥哥們一起游泳、傳球。其實我自己也很清楚，這麼做不過是想忘記痛苦罷了。妳今年九歲的小弟最近也加入我們，連他都有樣學樣，把妳排擠在外。而待在一棵大松樹下的妳，總是與那個青年黏在一起！

我把你們當作保羅與維吉妮雅，留在那棵大松樹下，然後某天，一個人提前離開了村莊。

出發前的兩三天我變得格外活潑，因為我要讓你們知道，我離開後你們的鄉村生活會變得多麼冷清……為了這個愚蠢的念頭，我累得筋疲力盡，最後偷偷哭著離開了。

入秋以後，那位青年突然寫了一封長信給我，我讀信的時候，氣得臉都鼓起來了。信的結尾寫著，妳離開時從人力車上遙望他，一張小臉泫然欲泣……我還以為是在寫鄉土小說的結局咧，但我卻暗地裡羨慕起小說中的悲情主人翁。不過，他為什麼要向我坦白對妳的愛意呢？難道是在對我下戰帖？如果是這樣，這封信確實刺激到我了。

此信是壓垮駱駝的最後一根稻草。我深陷痛苦卻又陶醉其中，畢竟當時我還很幼稚，然後我就對妳死心了。

從那時起，我就像個肚子餓扁的人，飢腸轆轆地遍覽詩歌和小說。我屏棄所有的運動，成了面目全非的憂鬱少年。我媽愈看愈擔心我，試圖找出我的心結，終於發現我是被一位女孩所傷。唉，媽，妳總是這麼後知後覺！

有一天，我突然告訴我媽，我不想學醫了，我要從文。我媽一聽，當場愣在那裡。

那一日——宛如秋天尾巴的那一日，我和一位朋友在爬學校後面的窄坡，看到兩名女學生沐浴在秋陽中，從坡道上走下來。我們視彼此如空氣般錯身而過，其中一人

譯註1　法國作家聖皮埃爾（Saint-Pierre, Bernardin De）於十八世紀發表的短篇小說 Paul et Virginie，描述保羅與維吉妮雅這對青梅竹馬淒美動人的愛情故事。

依稀是妳。擦肩時，我突然注意到女孩隨興紮起的髮辮，髮絲透著淡淡的秋陽氣息。那股若有似無的陽光香味，勾起了我對草帽焦味的回憶，令我的呼吸急促起來。

「怎麼了？」

「沒事，只是覺得那好像是我認識的人……不過，應該是我多心了。」

3

下一個暑假，我與前陣子結識的某位著名詩人，一起去了某座高原。

這個高原每年夏季都會吸引眾多避暑遊客，大部分是外國人或者上流社會人士。飯店露台上，經常可見外國人在讀英文報紙，或者下西洋棋。於松樹林間散步時，背後還會突然響起馬蹄聲。網球場一帶天天熱鬧非凡，像是在舉辦戶外舞會，後面的教堂也不斷傳來鋼琴聲……

詩人每年夏天都住在這個高原，在當地結識了許多女孩。我曾經偷偷夢想，那些在路過時向詩人致意的女孩中，將來會有一位成為我的伴侶。為了實現這個美夢，我認為自己也得儘早成為遠近馳名的詩人。

某一天，我一如既往地和那位詩人在鎮上大街散步，忽然遇到五、六個女孩吱吱喳喳地聊著天從對面走來，有人拿著球拍，有人牽著腳踏車。那群女孩停了下來，讓我們先過，其中幾位向我身旁的詩人致意。詩人停下來與她們聊了一會兒，那時我已經不知不覺走到離他們好幾步外的地方了。我站在那裡，一邊滿心期待詩人喊我的名字，並向那群女孩介紹我，一邊若無其事地盯著雞肉鋪養在店門口的火雞……

然而，那群女孩根本沒有轉頭看我，便又吱吱喳喳地從詩人身旁離開了。我努力克制自己不去看她們。

我陪詩人繼續散步，然後用熱情卻又雲淡風輕的口吻，逐一詢問剛剛遇到的那群女孩芳名。一旦得知野花的名字，即使原本素不相識，彷彿也能一下子奪得芳心，同樣的，我總覺得只要打探到她們的名字，她們便會主動與我拉近距離。

就這樣待滿三個禮拜之後，我一個人先離開了那座高原。

我回家後，我媽歡天喜地，彷彿現在回來的才是她的親生兒子，因為我又變得跟以前一樣活潑調皮了。其實我之所以振作起來，只是因為幼稚的野心在燃燒——我想迷倒在高原遇到的眾多少女，為此我必須儘早變成大名鼎鼎的詩人。我媽絲毫沒有察覺到我的野心，她只見到我身上失而復得的孩子氣，只顧著寵我。

從那座高原回家後不久，我接到一封你哥哥們從T村打來的電報，內容是「寄一些糖果來」——這儼然已成為暗號了。

我第三次來到T村，但心中已不抱任何期望，我只是不好意思拒絕妳哥哥們的邀約。不過除此之外，我其實也想再看一眼充滿我青澀回憶的村莊，這裡有大海、小溪、牧場、麥田和古老的教堂，以後我可能再也見不到這片風景了。當然，我最關心的還是妳的近況。

我曾經覺得如詩如畫、像一個巨大貝殼的海濱村莊，如今在我眼中居然又破又小！那位天真可愛、我曾經的心上人，如今在我眼裡不過是個陌生孤僻的女子！……見到那位臉色比去年更差、更加骨瘦如柴的情敵時，我甚至覺得他很可憐，因此總是躲著他。他有時會用悲傷的眼神看著我，我從他那含有千言萬語，卻與去年截然不同的目光中，察覺他很痛苦。但我自己倒是和你哥哥們玩瘋了，大概是因為我把那幾天當作是我最後的青澀歲月吧。

那個布莊老闆的兒子獨自住在今年剛蓋好的小別墅裡，聽說那是他為了在這個夏天接待你們一家人而建的。但他的病情並不樂觀，因此妳家中的女眷還是住在去年的農家屋舍裡，只有妳哥哥們和我會去那青年家留宿。

某天清晨我去上廁所，從廁所的小窗可以清楚看到井邊的景象。那時有人過來洗臉，我無意中從窗戶瞥了一眼，發現青年正在刷牙，他的臉色十分蒼白，嘴角流著血絲，但他自己似乎沒有注意到。我本來以為那只是牙齦出血，豈料他突然咳了起來，彎下腰在水槽裡吐出一灘血……

我沒有把這件事告訴任何人，當天下午就忽然離開了T村。

尾聲

地震！而且震度大到足以顛覆天理人倫。

我套上草鞋，連草帽都來不及戴就急忙從宿舍趕回家。家中已經付之一炬，爸媽下落不明。我心想他們說不定去避難了，便加入逃難的人群，朝郊外的Y村前進，畢竟爸爸的親戚就住在那裡。走著走著，我不知不覺就變成了光腳。

我在逃難人潮中偶然發現你們一家人。激動的我們用力拍打彼此的肩膀，拍到都會痛。你們已經累得走不太動，我提議到鄰近的Y村找地方歇一晚，硬是拖著你們繼續走。

Y村的草原上搭著大大的帳篷，篝火熊熊燃燒。夜幕降臨後，志工開始煮飯分發給難民。一直到這時候，我都還沒見到爸媽的蹤影。不過，看著四周熱鬧的景象，我其實有點開心，覺得好像在和你們一家人露營。

我與你們擠在帳篷角落打地鋪，每次翻身，我的頭都會碰到別人的頭。我們一直無法入睡，強烈的餘震不時來襲。接著，突然有人啜泣起來，聲音聽起來像在笑……我迷迷糊糊睡了一會兒，忽然醒來時，發現不知是誰的頭髮碰到了我的臉頰。那是女生的頭髮，睡得有些凌亂。半夢半醒之間，我聞到淡淡的香味，不過那與其說是來自我鼻子前的髮絲，更像是從我回憶中悠悠浮現的。那是沒有香味的妳的香味，太陽的香味，草帽的香味……我假裝睡著，把臉埋進妳的髮絲。妳一動也不動，該不會也是在裝睡？

一早，我爸抵達的消息把我們從睡夢中驚醒。我媽與我爸失散了，至今仍不知所蹤。我家附近到河堤避難的居民，全都跳進了河裡，或許她已經在那條河川溺斃了……

聽到我爸帶來的噩耗，我才完全清醒過來，發現自己下意識地在流淚。但這並不是因為得知我媽的噩耗而傷心落淚，喪母之痛過於劇烈，我反倒無法立刻哭出來。我只是在醒來後，突然想起昨晚的事，想起我以為我已經不再愛妳，妳也自認不再愛我，彼此卻不經意地、不可思議地依偎在一起，這才是我落淚的原因……

那天中午，你們租了一輛貨運馬車，一家人像家畜一樣擠在上面，搖搖晃晃地朝我不知道地址的老家出發。

我送你們到郊外，目送你們離開。貨運馬車掀起的滾滾塵土刺痛了我的眼睛。我閉上雙眼，喃喃自語起來。

「唉，希望有人能告訴我，妳有沒有回頭看我……」

我不敢親自查證，直到塵土消散後，仍死命地閉著雙眼。

笨拙的天使

幾名認識的女侍者看見我，都因為好久不見而對著我笑，她們的臉龐擋住了我尋找目標的視線。我的雙眼四處游移，終於在她們之中找到了她。

1

黑貓咖啡館生意興隆，我推開玻璃門進去，居然無法一眼找到我那群朋友。我站了一會兒，感覺喧囂的人群在朝我扔生肉。此時，一張笑容可掬的女子臉龐映入眼簾，我瞇起眼睛凝視她。女子舉起白皙的手，在她的手底下，我終於找到了我那群朋友。我走上前，當我和那名女子擦肩時，我們的視線並未相接，而是交錯而過。

那裡有一張桌子，三名青年沉默地圍坐在旁，彷彿在嫌棄管弦樂團太過嘈雜。他們見到我，用眼神示意了一下。桌上的威士忌酒杯在菸霧繚繞中綻放冰冷的光芒，我坐到桌邊，加入他們的沉默。

我每個晚上都和他們在這裡相聚。

我當時二十歲。過去的我一直活得很孤獨，但到了這個年紀，我開始靜不下來，排斥一個人生活。到了今年春夏之際，我再也無法忍受孤獨。

那時，這群朋友邀我一起去黑貓咖啡館。我想融入他們的圈子，於是答應了。當天晚上，我遇見了一個女孩，那群朋友中的其中一人——阿楨正為她如癡如醉，總是嚷嚷著「要讓她當我的女人」。

那女孩從管弦樂團中發出銀鈴似的笑聲。在我眼中，她的美就像一顆已經成熟得快從樹枝上掉下來的果實，必須趁墜落之前趕緊採收。

女孩面臨的危機令我挪不開目光。

阿楨是個飢腸轆轆的人，他想占有那個女孩。他熾烈的欲望喚醒了我內心最初的渴望。我的不幸便從那一刻開始……

突然間，一位朋友正襟危坐，轉過來面對我。他的嘴巴動了幾下，但音樂害我聽不清楚他在說什麼，於是我靠近他的臉。

「阿楨今晚要寫情書給那個女孩。」

他稍微提高音量重複了一遍。聽到他的聲音，阿楨和另一個朋友都轉過頭來，衝著我們微笑。隨後，一切又回到先前的沉默之中。我的臉色悄悄變了，我試圖用香菸的雲霧蓋住表情，然而，之前讓我感到愉快的沉默突然間令我窒息，喧囂的人群掐住了我的喉嚨。我抓起酒杯，試圖一飲而盡，但杯底映照出的瘋狂雙眼，令我恐懼無比。我實在無法繼續待在那裡。

我逃到了陽臺，昏暗的暮色令我瘋狂的眼神冷靜了幾分。在這裡，我可以躲開眾人的目光，專注地望著正在另一頭吹電風扇的女孩。迎面撲去的風雖然令她皺起眉頭，卻出乎意料增添了幾分神聖之美。忽然間，她臉龐的線條一動，朝著我微笑。那一瞬間，我以為她發現我在陽臺望著她，所以才對我笑。但我立刻意識到自己會錯意了，因為陽臺非常昏暗，從她的角度不可能看見我站在這裡。她大概是發現有人在叫她過去，我猜應該是阿楨，隨後她便邁開步伐走來。

我感到自己的手如果實般沉重。我將手放在陽臺欄杆上，欄杆的灰塵沾了我滿手都是。

2

當晚，我的心彷彿一輛在疾馳中摔倒的腳踏車，應聲崩潰。她曾經給我讓心靈飛馳的力量，但我已然失去她，我恐怕再也無法靠自己重新站起來了。

「有你的電話。」母親說著走進我的房間，但我沒理她。母親念了我幾句，我抬頭看她的臉，對她擺出「拜託不要管我」的表情。母親擔憂地望著我，隨後離開了房間。

夜深以後，我不再去黑貓咖啡館，也不再去找她和那群朋友，我只是待在自己的房間裡，什麼也不做，然後盡全力耍廢。我把手肘撐在桌子上，雙手托腮，手肘下有一本翻開的書，永遠停在同一頁。那頁畫著一頭怪物——牠有一顆沉重到連自己都支撐不住的頭，因此頭總是倒在身旁的地板上。有時牠會張開下顎，用舌頭去拔被自己的呼吸濡濕的草，有時還會不小心啃到自己的腳——我再也找不到像這頭怪物一樣讓我感到如此親切的生物了。

然而，人像這樣一直耽溺在痛苦中是活不久的，這點我也明白。可是不知道為什麼，我就是寧願深陷在痛苦中。也許我是下意識在等吧——等著其中一位朋友驚訝地告訴我，原來她愛的不是阿槙而是我，等著一個奇蹟發生。

某天清晨，我做了一個夢。夢見我和阿槙兩人仰躺在草坪上，地點看起來是在上野公園內。我突然醒來，而阿槙還在熟睡。我看見她和另一名女侍者不知何時出現在草坪的另一端，交頭接耳地走近我們。她對那位女侍者說，她愛的其實是我，她以為阿槙是要幫我轉交情書，想不到是他自己寫的。她倆完全沒有注意到我們，直接從我們面前通過。我感到幸福得飄飄然，默默看向阿槙，阿槙已經悄悄睜開了眼睛。

「你睡得好沉。」我說。

「你說我？」阿槙皺起眉頭。「睡著的是你吧？」

我在不知不覺中閉上眼睛。「你看，又睡著了。」聽著阿槙的聲音，我再度沉沉睡去。接著我才真正從床上醒來。這個夢清晰地告訴我，我一直下意識在期待某個奇蹟。這份對奇蹟的期待喚醒了我內心的痛苦，而且痛得更加劇烈，它與入夜後對孤獨的恐懼一搭一唱，硬是將我拖去了黑貓咖啡館。

黑貓咖啡館一切如常，同樣的音樂、同樣的對話、同樣骯髒的桌子。我渴望在一成不變之中找到和從前一模一樣的她，找到阿槙，然後告訴自己面目全非的只有我一個人。但我馬上就有了不好的預感，因為我眼中的她一直在躲避我的視線。

「你怎麼變得這麼沉默寡言？」

「發生了什麼事嗎？」

我努力維持平常的態度，回答朋友：

「我生了一場病。」

阿槙盯著我，對我說：

「難怪前幾天晚上你看起來這麼難受。」

「嗯。」

我警戒地盯著阿槙，我怕他們發現我在痛，但我又忍不住用自己的手指去碰觸傷口。出於傷者的本能，我想搞清楚是什麼讓我這麼痛苦。我徒勞地搜尋她的臉，然後再度盯著阿槙問：

「你跟那女的後來怎麼樣了？」

「什麼？」

阿楨故意擺出一頭霧水的表情，隨後又突然露出蹙眉般的微笑。那微笑感染了的我臉龐，我感覺自己的意志在不斷消沉。

忽然間，朋友的聲音打破沉默。

「阿楨已經追到她了。」

接著是另一道的聲音：

「兩人今天早上第一次約會。」

一種前所未有的情緒攫住了我，我不曉得那是不是痛苦。朋友不停在說話，但我已經聽不見他們在說什麼了。我忽然發現我的臉上仍掛著剛才被感染的微笑，這點連我自己都料想不到。我覺得自己離表層的自己非常遙遠，我就像個潛水夫，在測量自己沉入的痛苦深度。然後，音樂與盤子的聲響總算進到了我的耳中，一如海面上翻騰的浪濤聲終於傳到海底。

我試圖借助酒精的力量，努力浮出水面。

「他的胃像個無底洞。」
「他看起來很難受。」
「他的嘴唇在顫抖。」
「他為什麼這麼痛苦？」
我慢慢浮上來，終於感受到這些朋友關心我的目光。他們並沒有看穿我，我成功讓他們相信我生病了。而我已經沒有力氣再尋找她的臉龐。
離開黑貓咖啡館，和朋友們告別後，我獨自坐上計程車，盯著司機寬闊的肩膀一邊無力地搖晃。四周突然暗了下來，為了抄捷徑，司機打算穿越上野公園的樹林。「喂。」我下意識地伸出手來想拍司機的肩膀，因為那讓我猛然想起了阿楨厚實的寬肩，可是我的手太沉重了，根本無法從身旁抬起來，心也因為悲傷而絞痛。車頭燈照亮了一部分的草坪，那草坪令早上的夢突然重現於我腦海。在夢中，她的臉蛋離我好近，幾乎都要碰到我的臉。那張臉蛋在笨拙地安慰我。

3

盛夏時光。

烈日的光芒令我像看不清金魚缸裡的金魚一樣，看不清內心的悲傷。酷暑麻痺了我所有的知覺，我幾乎完全不知道我周圍發生了什麼事，只是茫然地愣在平底鍋傳出的香味、晾衣服所反射的光線、汽車通過窗邊的轟隆聲裡。

然而一到夜晚，我的悲傷便清晰可見。形形色色的回憶逐一浮現於腦海，尤其是公園的那一段。這段回憶瞬間膨脹，掩蓋了其他一切的回憶。我非常害怕這段記憶，為了擺脫它，我陷入瘋狂的掙扎。

我漫無目的地到處走動，為了不待在自己的內心而走。我必須遠離她和那群朋友，也必須遠離自己。我恐懼所有的回憶，也深怕我的一舉一動會帶來新的回憶。因此，除了讓自己的影子弄髒人行道以外，我什麼也不做。

某天晚上，一名綁著黃色和服腰帶的年輕女子穿過我身旁，對我微笑後離去。我跟在她身後，覺得有些興奮。不過當她走進一家店之後，我便毫不留戀地離開了，我馬上就忘了她。兩三天後，我又看到一名綁著黃色和服腰帶的年輕女子走在人群中。我加快步伐追上她，可是定睛一瞧，我已經認不得她是不是兩三天前那名女子了。見自己如此精神恍惚，讓我對這份悲傷感到很滿意。

有時我會被人行道旁的小酒館吸引，在菸霧彌漫的昏暗燈光下，用菸灰和酒漬弄髒我的桌子。那張髒掉的桌子後來讓我想起了當晚被我影子弄髒的漫長人行道，令我身心俱疲。我走出酒館，立刻跳上計程車，隨後鑽進被窩，像塊石頭一樣陷入沉睡。

某天晚上，我走在人群裡，茫然地望著一名青年朝我走來。那青年停在我面前，原來他是我的一位朋友。我突然笑了，握住他的手。

「嘿，是你啊。」

「你忘了我嗎？」

「嗯，忘得一乾二淨。」

我故意講得很瀟灑，但並未忽略他因為我沒認出他，以及我居然失魂落魄至此所感到的悲傷。這些我都看在眼裡。

「你為什麼不來找我們？」

「因為我誰都沒見，誰也不想見。」

「嗯……那你也不知道阿槙的事吧？」

「不知道。」

隨後他便不發一語，默默離開了。我猜他接下來可能會談阿槙的事，我料到那一定會再度折磨我的心，但我還是像條狗一樣跟著他走。

「那女的是個天使。」

他在稱天使兩字時，語氣帶著輕蔑。

「阿槙常常帶那女的一起去看棒球賽和電影。據阿槙所說，剛開始他覺得那女的一直在誘惑他，可是當他婉轉地提出想跟她過夜之後，那女的就突然翻臉不認人。她的態度變得非常冷淡，害阿槙難過得死去活來。究竟那女的是完全不懂男人的心思，還是喜歡折磨男人？我也不明白。你覺得她是在耍脾氣？還是真傻？——喂，威士忌！你也來一杯嗎？」

「我不想喝。」我搖了搖頭，覺得這好像是別人的頭。

「後來啊……」我的朋友接著說。「阿楨他忽然失蹤了，我不知道他跑去哪裡，直到他昨天突然回來。原來他去神戶整整一星期，每天都泡在酒吧，狠狠發洩他膨脹的欲望。他回來的時候，從臉上表情來看，肚子裡的蟲都已經安分下來了。他比我想像得還要務實啊。」

我一面感受腦中逐漸被蜜蜂的嗡嗡聲占據，一面安靜地聽他說話。這段期間，我時不時抬頭看朋友的臉。這讓我想起了自己有多麼茫然，以至於剛才在人群中看到他的臉卻沒認出他來，緊接著所有害我變成行屍走肉的痛苦一口氣湧入腦海。

4

幾天前開始，我養成了不再想她的習慣，令我相信她真的已經不在了。然而，那就跟我看慣了自己的房間雜亂無章，就以為壓在書堆底下的菸斗消失了一樣，一旦我搬開書本，底下的菸斗便暴露無疑。

於是她再度出現在我面前，一現身便喚醒了我心中對她的愛，這份愛和從前一樣，沒有絲毫改變。但我的理智卻在我與她之間，堵上了我一度受傷的自尊心，以及所有痛苦的回憶。儘管如此，仍有一種令人難以割捨的情緒穿透它們，滲透到我心中，那就是我懷疑她真正愛的是我。這一定是她愛我的徵兆。意識到這一點，令我體會到了患者病入膏肓時絕望的心境。

時間可以腐蝕痛苦，但不能斬斷它，我真希望自己能動手術。我的急性子給了我一個膽大包天的念頭，催我獨自去黑貓咖啡館與她見面。

我像初來乍到的客人一樣環顧咖啡館。幾名認識的女侍者看見我，都因為好久不見而對著我笑，她們的臉龐擋住了我尋找目標的視線。我的雙眼四處游移，終於在她們之中找到了她。她就在靠近入口的樂池旁，從她那不自然的姿勢來看，我深信她已經知道我來了，只是裝作不知情。我凝視著她，像是一名準備接受手術的患者，焦慮地盯著外科醫生的每個動作。

突然間，管弦樂團開始演奏。她悄悄離開了樂池，若無其事地朝我走來，但完全沒看我。走到離我五、六步的時候，她微微抬頭，與我四目相接。接著她突然微笑，步履維艱地靠近我，然後沉默地停在我面前。我也保持沉默，我只能沉默。

那是手術中令人窒息的沉默。

我一直盯著她的手，因為盯得太過用力，眼睛都痠了。不知是否因為如此，我好像看見她的手突然開始顫抖。接著是一陣頭暈眼花、兵荒馬亂，隨後才慢慢平息下來。

「哎呀，你的菸灰掉了。」

她巧妙地提醒了我，手術已經結束。

我的手術過程宛如一場奇蹟。她的臉蛋突然生動地出現在我眼前，大得令人難以置信，而且就定在那裡。阿槙這個人、我一切的回憶、我所有的未來，都從我跟前消失得無影無蹤，彷彿這張臉蛋特寫蓋過了銀幕上的一切。我不曉得這段過程是真實的，抑或只是暫時的，不過對我來說這都不重要。我眼中只有她放大的美麗臉龐，以及這張臉蛋在我內心引發的一種疼痛的快感。少了這種快感，我將無以維生。

我發現自己又開始每晚去黑貓咖啡館報到。我的那群朋友都已不再光顧這裡，但那反而壯大了我和朋友廝混在一起時所匱乏的膽量，這件事控制了我的行動。

至於她——

某天晚上，我在等我所點的酒時，她正在收拾隔壁客人離開後的餐桌。當下我一直盯著她，發現她移動盤子和刀叉的動作非常輕柔，輕柔得宛如在水中。我覺得她的動作之所以如此溫柔，是因為敏感的她知道我在看她、我愛她所自然而然表現出來的。那種溫柔讓我有一種超自然的感受，使我忍不住相信她愛我。

另一個晚上，一名女侍者對我說：

「我們都搞不懂你們在想什麼。」

那女的所說的「你們」顯然是指我、阿槙和那群朋友，但我故意將那解讀為我與她。我討厭這個女的笑起來時金牙發光，因此我對她嗤之以鼻，不予回應。

就這樣，在她若有似無的暗示下，我逐漸掌握她愛我的鐵證。這段期間，發作性的欲望三不五時襲向我。我預見了她柔軟的四肢纏在我身上，與我的手腳如繫領帶般緊緊打結所帶來的快感，也再也無法忽視她的牙齒碰到我的牙齒時所發出細微聲響。

每當我想起阿槙曾與她一起去公園和電影院，我便痛苦不已，甚至開始催眠自己那也許只是我的幻想。我該怎麼讓她點頭呢？我想起了阿槙的方法，寫一封情書。但他不幸的前車之鑑使我變得迷信，我只好另尋他法。後來我選了其中一個方法——靜待時機。

最好的機會來臨了。我的酒杯空了，於是我呼喚女侍者。當她正要朝我走來時，另一位女侍者也正要過來，兩人很快就發現了彼此，隨即露出微笑並慢下腳步。接著，她毫不猶豫地走向我，這樣的她給了我出乎意料之外的勇氣。

「淡紅酒！」我對她說。「還有……」

她從我的桌邊退後一點，把臉靠近我。

「明天早上可以來公園一趟嗎？我有些話想對妳說。」

「嗯……」

她的臉蛋染上淡淡的紅暈，從我身旁挪開，腳也恢復到靠近桌邊之前的姿勢，隨後她便低著頭離開了。我游刃有餘地等她回來，就像從自己的手中放出一隻訓練有素的小鳥，相信牠馬上又會飛回一樣。果然，她端著淡紅酒過來了，我用眼神向她示意。

「九點左右好嗎？」

「好。」

我與她露出了心照不宣的微笑，隨後她便離開我的桌子。

走出黑貓咖啡館後，我完全不曉得該怎麼挨過漫漫長夜到明天早上，這段時間對我來說太飄渺了。我鑽進被窩卻毫無睡意，突然間，阿槙的臉龐浮現在我的腦海中，緊接著她的臉蛋也浮現出來，帶著心照不宣的笑容將阿槙蓋住。後來我小睡了一會兒，當我從床上醒來時，天才剛亮。我在家中走來走去，對所有人大呼小叫，然後幾乎沒吃早餐。母親覺得我在發瘋。

5

她總算來了。

我從長凳上跳起來，連手杖都掉了。我的心頭小鹿亂撞，眼睛看不清楚她的臉。我與她一起坐回長凳，漸漸習慣待在她身旁的感覺。我發現這是我第一次在陽光底下端詳她的臉，看起來和平常我在燈光底下所見的不太一樣。陽光讓她的臉蛋變得紅潤有朝氣。

我感動地凝視著她。但她好像很害怕我一直盯著她，隨時保持警惕，身體幾乎一動也不動，只有偶爾輕咳幾聲，我則滔滔不絕。我渴望沉默，卻又害怕沉默——唯有握住她的手，讓她的身體與我的身體緊緊靠在一起，才是我所渴望的沉默。

我聊著自己的事，聊著朋友的事，偶爾問一些跟她有關的問題。但我並未等她回應，我似乎很害怕她回答，所以再度講起自己的事，又忽然把話題導向朋友。突然間，她轉向我。

「阿楨他們是不是在生我的氣？」

她的話語猛然除去了為我局部麻醉的藥。

我感到之前經歷過的痛楚再次湧上心頭，只好告訴她，從那以後我再也沒有見過阿楨。接著，我感到呼吸停滯，一個字也說不出口。儘管我發生劇變，她仍然和之前一樣保持沉默，令我以為她在刻意冷落我。後來她發現我不知該如何面對愈來愈不自然的沉默，才試圖打破寂靜。而她唯一能做的，就是笨拙地透過在我不發一語之後變得異常刺耳的輕咳來打破僵局。

「你看我一直咳嗽，大概是肺不太好吧。」

我突然對她充滿感傷，搞不清楚她的心是堅強還是脆弱。在劇烈的痛苦之中，我萌生出一種奇怪的快感，開始幻想她的結核菌逐漸侵蝕我的肺。

她仍在努力說話。

「昨天晚上打烊之後，我帶著狗來這附近散步。那時候大概是兩點，路上非常暗，忽然間有人開始跟蹤我。不過他看到我的狗之後就跑了，因為我的狗很大隻。」

我完全任憑她處置，她則想方設法為我的傷口換藥，並用繃帶牢牢包紮。我感到和她在一起的快樂，與和她在一起的痛苦逐漸平衡。

一個小時後，我們從長凳起身。我發現她的和服腰帶變得皺巴巴的，這些因長凳而生的皺摺，宣布了我的幸福大勢已定。

我們道別時，相約明天下午去看電影。

隔天，我從車上看到她在公園散步。我輕呼一聲並緊急煞車，用前傾的姿勢向她打招呼。我請她上車，邊開車邊迴轉半圈，一分鐘後通過了黑貓門前。當時是下午，店裡門可羅雀，只有女侍者。膽小的我們都很喜歡這場迷你冒險。

皇宮影城，埃米爾·雅寧斯（Emil Jannings）主演的《雜耍班》（*Varieté*）。進電影院後，我在人造的黑暗中一度找不到她，隨即又在身旁發現疑似她的身影。但我無法百分之百肯定那是她，因此我的手雖然在尋找她的手，卻又猶豫不決起來。接下來，我的視野便被銀幕上比實物大十倍，而且不斷動來動去的人類手腳給占滿了。

她在地下室的蘇打水台一邊喝蘇打水，一邊向我稱讚埃米爾·雅寧斯。她說他的肩膀很厚實，讓我想起雅寧斯在殺人的那一幕只有肩膀入鏡。但我腦海中浮現的並非雅寧斯的肩膀，而是有幾分相似的阿槙的肩膀。我突然想起六月的某一天，我和阿槙一起在鎮上散步，當時我在等他買報紙，見到一名女子從我們面前經過。那名女子並未看我，而是一直抬頭仰望阿槙寬闊的雙肩，直到離去……在我的回憶裡，那名陌生女子不知不覺間與她對調了，因此我在回憶中看見的是她在凝望阿槙的雙肩。我相信她現在也下意識地搞混了雅寧斯的肩膀與阿槙的肩膀，但我並未因此覺得忿忿不平。我明白阿槙的肩膀真的很強壯，連我也忍不住如她所渴望的，期待那雙強壯的肩膀能壓在我的肩頭上。

我發現我現在只能透過她的雙眼來看世界，這是我們的心如繫領帶般緊緊打結的徵兆之一，但那總是伴隨著令人窒息般的痛苦。

我已經無法分辨在我體內交纏的兩顆心，哪一顆是我的，哪一顆是她的。

6

我們要道別時，她問我：

「現在幾點了？」我伸出戴手錶的手，她瞇起眼睛看手錶。我覺得她的表情很美。

落單後不久，我突然想起這支手錶。我邊走邊盤算著父親給我的錢幾乎都用完了，我必須自己湊一些零用錢。首先浮現在腦海的是我那堆積如山的書，以往沒錢時我常常賣書，但現在手邊的書已所剩不多，所以此時我才突然想到這支手錶。

可是我不曉得該如何將它變現。我想起一位精通此道的朋友，決定去他的公寓找他，請他幫我處理。

我在朋友那狹小的房間裡找到了正在刮鬍子，臉上滿是肥皂泡沫的他。他旁邊的椅子上坐著另一個我認識的朋友，正叼著菸斗吞雲吐霧。還有另一個人躺在床上對著牆壁，宛如一個大袋子縮在那裡，我不曉得那是誰。

「他是誰？」

「阿槙啦。」

他聽到我們的聲音，轉過身來。

「哦，是你啊。」他瞇起眼睛看我。

我用一種神經兮兮、像在生氣的眼神回看阿槙。我們已經很久沒見面了，但我當下只擔心我昨天和她約會的事已經傳開，我怕他們拿這件事來諷刺我，這種不安抹煞了一切想敘舊的念頭。然而他們三人只是眉頭深鎖，保持沉默，從這樣的沉默中我完全感覺不到對我的責難。我立刻會意過來，索性壯起膽子，一面感受自己對他們重拾往日的親密，一面坐到阿槙窩著的床邊。

但我已經無法像從前那樣看待阿槙了。我凝視阿槙的目光，無論如何都會摻雜她的目光。當我恍惚地望著他的臉龐，強勁的醋意便油然而生。為了掩飾我內心的動搖，我認為我必須戴上新的面具。於是我點燃香菸，臉上掛起微笑，鼓起勇氣問道：

「最近過得還好嗎？不再去黑貓了嗎？」

「嗯，不去了。」阿槙回答得有些沉重。朋友突然把臉轉向我，「有比那裡更好玩的地方。」

「你說琪琪酒吧？」朋友邊刮鬍子邊答腔。

我第一次聽到這個酒吧的名字。我把那裡想像成一個淫穢不堪的地方，我覺得這種「風化場所」最適合阿槙宣洩滿腔的欲望。相較於自己的多愁善感，我其實很羨慕他能活得如此粗俗，這令我突然很想親近阿槙。

「今晚你也要去那裡嗎？」

「想去，可是沒錢。」

「你有錢嗎？」刮鬍刀轉向我。

「我也沒有。」

那一瞬間，我想起了我的手錶。我想討好他們。

「把這個拿去變現呢？」

我脫下手錶，遞給阿楨。

「這支錶真不錯。」

阿楨說著接過我的手錶端詳，我用少女般的眼神深深地望著他。

十點左右，我們走進琪琪酒吧。進去時，我被椅子絆了一下，害椅子壓到一個瘦弱男人的腳。我笑了，那個男人站起來，企圖抓住我的手臂，但阿楨從我身旁推了他的胸膛，那男人搖搖晃晃地跌回他的椅子上。當他試圖再站起來時，被旁邊的男子制止了，男人辱罵了我們。我們笑著坐到一張骯髒的桌子前，突然間，一個穿著半透明薄紗和服的女人走過來，強行坐在我與阿楨之間。

「喝一點吧？」阿楨把自己的威士忌酒杯放到女人面前。

女人沒有拿起酒杯，而是透過酒杯在觀察。一位朋友瞇起一隻眼睛，另一隻眼睛大大睜開，挖苦似地示意我看看他們。我眨了眨眼回應。

那女人有點像黑貓女，這種相似令我非常心動。但是，她讓我想到了複製的印刷照，與後者相比，這女人的細節簡直粗糙不堪。

女人終究拿起威士忌酒杯，喝了一口，然後放回到阿槙面前。阿槙將剩下的酒一飲而盡。女人將身體靠近阿槙，表現得愈來愈露骨，有時抬眼挑逗，有時噘著嘴唇，有時揚起下顎。這些動作賦予了她令人意想不到的魅力，與在我面前舉止內斂、甚至看起來有些冷漠的黑貓女形成鮮明的對比。我發現這兩人有些相像，卻又不太相像，換言之，若不以一模一樣來定義，兩人是相像的。從這裡我察覺到了阿槙仍在受苦。

阿槙的痛苦一點一滴滲入我心中，我與他與她各自的痛楚在我體內融而為一。我深怕這三者會在我內心創造出某種爆炸性的混合物。

突然間，女人的手與我的手碰在一起。

「瞧，我的手這麼冰。」

女人握住我的手，我只覺得那是職業性的冰冷，然而我的手卻因為她的手而逐漸冒汗。

阿槙把威士忌倒進我的酒杯裡，為我創造了絕佳機會。我掙脫女人的手，接過酒杯，但我害怕自己繼續醉下去。我怕我喝醉之後會突然在阿槙面前哭出來，所以我故意把我的酒杯翻倒在桌子上。

一點過後，我們離開了琪琪酒吧。我們乘坐的計程車對我們四人來說太過擁擠，於是我硬是坐到了阿槙的腿上。他的大腿粗壯有力，我面紅耳赤地宛如少女。阿槙從我背後問道：

「喜歡這裡嗎？」

「嘖，誰喜歡啊……」

我用手肘戳了他的胸膛。那一刻，琪琪酒吧女人的臉孔清晰地浮現在我的腦海，緊接著，黑貓女的臉蛋也一起浮現，這兩張臉在我的腦海中重疊、交錯，如菸霧般輕飄飄地消失了。我感到身心俱疲，下意識地用手指挖出鼻屎，發現指尖上還沾著水粉。

魯本斯的仿畫

學生時代的回憶，數年的旅外生活，他全都過著對妻子問心無愧的生活，不過，如今，他卻愛著這名餐館的女服務生，更甚於自己的生命。

有一輛漆黑的轎車。

轎車開到輕井澤車站門口停了下來，一名長得像德國人的女孩下了車。轎車看起來十分華貴，不太像是計程車，但他瞥見女孩下車時朝司機遞了點東西，於是他穿過戴黃色帽子的女孩身旁，朝轎車走去。

「請送我到鎮上。」

坐上轎車後，他發現車內布置得一片雪白，還飄散著玫瑰的幽香。他想起了剛才擦肩而過的戴黃色帽子的女孩。轎車猛然轉彎。

他的好奇心忽然被撩動，忍不住環顧車內，接著在輕輕震盪的車廂地板上找到了一灘新鮮的唾液。這突如其來的發現，在他腦海中激起了奇妙而強烈的快感。他閉上眼睛，在他心裡，那唾液宛如一片被摘下的花瓣。

一會兒後他睜開雙眸，眼前是司機的背影。他將臉貼近透明的玻璃窗，窗外是一片長滿芒草的原野。此時一輛轎車從旁邊駛過，看起來正要離開這片高原。

城鎮入口有一棵巨大的栗樹。

開到樹下時，他命令司機把車停下。

※

轎車載著他的行李，朝距離鎮上有一段路的飯店駛去。

望著轎車揚起的塵土逐漸消散，他緩緩步向市區。

市區比想像中冷清，令他感到相當陌生。畢竟過去的每一年，他都只有在旺季時造訪這處避暑勝地。

不過，他還是立刻找到了熟悉的郵局。

郵局前有一群打扮得花枝招展的西方女士。

他邊走邊遠遠望過去，覺得她們繽紛得像一道彩虹。

此景令去年各式各樣的回憶浮現在他腦海。不一會兒，女士們聊天的聲音清晰傳來，經過她們身旁時，他覺得自己就像從鳥囀不絕的樹下走過，內心深受感動。

就在這時，他忽然注意到一名少女拐過了前方的街角。

咦，是她嗎？

他好奇地朝街角直直走去，那裡有一條小徑通往西方人口中的山丘「巨人之椅」，少女就在那條小徑上，而且尚未走遠。

沒錯，正是她。

他跟著拐向和飯店反方向的那條小徑。小徑上只有她一個人，他原本想喊住她，卻莫名猶豫起來。忽然間，他產生了一種很奇怪的感覺，彷彿空氣中所有的東西都浸泡在水裡，令他寸步難行。他似乎不小心踩到了魚，還有小魚游過時碰到他貝殼般的耳朵。腳踏車聲、狗吠與雞啼，都像是從遙遠的水面上傳來。樹葉的沙沙聲、動物的喝水聲……這些微弱的聲音不斷在他頭頂響起。

他覺得自己應該找她說話，然而光是用想像的，嘴巴就像被軟木塞堵住似的，頭頂也變得嗡嗡作響。突然間，一座熟悉的褐色小木屋從遠方映入眼簾。

小木屋周圍種滿了植物，她的身影隱沒在綠意之中……

見她消失，他才猛然回神。她前腳剛回家，若他後腳就登門造訪，未免過於唐突。無奈之下，他只好在小徑上踱步，幸虧這段時間都沒有人經過。當他終於聽見有腳步聲從「巨人之椅」山麓傳來時，他覺得腦袋一片空白，不管三七二十一先躲進了小徑旁的草叢，藏在那裡望著一名西方人精神奕奕地大步通過。

她還待在院子裡。剛才回頭時，她發現他跟在後面，但她並沒有停下來等他，因為不知怎麼的，她覺得那樣做很難為情。他一直從遠方注視她的背影，令她有些心神不寧。她在腦海中想像著背上的陽光與樹葉影子交織在一起，不斷變化。

她在院子裡等他，但他遲遲沒有跟來，不過她也猜到了他為何磨磨蹭蹭。過了幾分鐘後，她終於看到他進了大門。

他帶著一股傻勁，開心地脫下帽子。見他那副模樣，她也隨之流露出可愛調皮的微笑。與他開始聊天沒多久，她便察覺到他和所有大病初癒的人一樣，變得莫名純真而感性。

「你的病無礙了嗎？」

「嗯，完全康復了。」

他答道，瞇起眼睛凝視她的臉龐。

她的輪廓帶有古典美，玫瑰色的肌膚有點像油畫，開心時的笑靨是如此純粹，因此他總是偷偷稱她為「魯本斯的仿畫」。

瞇起眼睛凝視她令他感到十分新鮮，那是一種從未有過的體驗。他專注地望著她的皓齒、她的纖腰，完全沒有提起病情。他覺得回憶那些現實中的苦痛實在太不值得了。於是他聊起戴黃色帽子的女孩乘坐鋪有雪白座墊的黑色轎車，情境美得宛如西洋小說，然後興高采烈地描述自己也坐進了留有女孩香氣的華貴轎車。

不過，他並未提起滴在轎車裡的那灘唾液，他認為不要說比較好。但如果不講出口，當時覺得那灘唾液猶如花瓣的快感，可能會一直鮮明地烙印在他心中，他知道那樣不對。想到這裡，他便結結巴巴起來，變得語無倫次。這樣的他令她感到不知所措，只好轉移話題。

「要不要進屋裡坐坐？」

「好啊。」

其實兩人都更想待在院子裡，但對話已經開始牛頭不對馬嘴，因此最後還是決定進屋裡去。

這時，兩人突然發現女孩的母親像天使一樣從露台上望著他們。兩人都不禁羞紅了臉，瞇眼仰望她。

※

隔天，她們邀請他一同去兜風。

轎車在逼近夏末時分的空曠高原上轟隆隆地行駛。

三人在車內很少說話，但望著風景不斷變化，每個人的心情都很不錯，那是一種愉快的沉默。偶爾雖有輕微的聲音打破寂靜，但很快又隱沒其中，讓人懷疑從頭到尾都沒有人說過話。

「那片小小的雲……」

（沿著夫人所指的方向望過去，有一座紅色屋頂，頂端飄著宛如貝殼的雲）

「是不是很可愛？」

接下來直到抵達淺間山麓的格林飯店之前，他的視線都在夫人纖細的手指和她飽滿的柔荑之間穿梭。寂靜默許了他這麼做。

飯店的房間全是空的。服務生說客人正好都退房了，原本今天已經打算歇業。

他們來到陽台上，季節遞嬗遺留的蕭條景色歷歷在目，唯獨淺間山麓的斜坡依舊光滑耀眼。

陽台下有一塊平坦的屋頂，跨越低矮的欄杆馬上就能走到屋頂上。見到這麼平坦的屋頂和低矮的欄杆，她問道：

「可以去上面走走嗎？」

夫人答應了她，說她可以和他一起下去。他一聽，立刻轉身跳下屋頂，她也笑著跟了上去。兩人走到屋頂邊緣時，他突然感到一絲不安，不是因為屋頂微傾害身體不穩……

而是因為走到屋頂邊緣時，他赫然發現她手上戴著戒指。這害他胡思亂想起來，擔心她是否會沒事假裝滑倒，然後故意用力握他的手，直到戒指將他的手指勒疼。他感到難以名狀的恐懼，屋頂的一點點斜度頓時在他心中放大。

直到她說「我們走吧」，他才鬆一口氣。她先一步回到陽台，當他正要跟上去時，聽見夫人和她在陽台聊天。

「有看到什麼嗎？」

「有啊，看到我們的司機在下面盪鞦韆。」

「就這樣？」

杯盤與湯匙的交錯聲響起，他默默羞紅了臉，爬上陽台。

夫人的那句「就這樣？」在他喝茶時，以及回程搭車時不斷浮現於腦海。夫人的聲音彷彿流露出純真的笑意，又像在溫柔地挖苦，又或者根本沒有言外之意……

※

隔天當他去她們家拜訪時，母女倆都受邀參加茶會而不在家。

他索性一個人挑戰爬「巨人之椅」，但很快便感到乏味，只好回到鎮上。他在市區晃啊晃的，突然看到前方有一位眼熟的千金小姐在散步。她的父親是赫赫有名的男爵，每年都會來這處避暑勝地。

去年，他也曾在山頂和森林見到這位千金小姐騎馬，而她身旁總是跟著五、六名像是混血兒的青年，陪著她騎馬或兜風。

他覺得這位千金小姐像紋了身的蝴蝶一樣美，但也僅止於此，對她並未多想。倒是那些總是圍繞在她身邊的混血青年讓他感到有些不快，這大概是一種輕微的妒意吧？換言之，他還是有些在意她。

他下意識地跟在那位千金小姐後面，跟著跟著，忽然從迎面而來的零星人潮中認出一名青年。那是去年夏天，一直陪在她身邊打網球和跳舞的混血兒。看到那名混血兒，他不禁微微蹙眉，只想立刻掉頭離去。但就在此時，他眼前發生了一件令人難以置信的事——千金小姐和青年竟然對彼此視而不見、擦肩而過。擦肩的一瞬間，青年的臉孔彷彿透過凹凸不平的玻璃看過去般扭曲，他偷偷回頭望了望千金小姐，臉上浮現出痛苦不堪的神色。

這段插曲莫名其妙觸動了他，甚至讓他從那位驕縱的千金小姐身上感到一種異常的吸引力。當然，他一點也不同情那位混血青年。

當晚就寢之後，千金小姐的倩影仍像一隻飛蛾不停地撲過來，在他緊閉的眼皮底下若隱若現，害他心煩意亂。為了將她趕跑，他努力回憶「魯本斯的仿畫」，但與前者相比，那簡直像一幅老舊褪色的贗品，這種感覺令他倍感煎熬。

※

然而到了隔天早上，那股魔幻的魅力就如同夜晚的飛蛾一樣消失無蹤了，教人神清氣爽。

上午他散步了許久，在一座小木屋裡喝冰牛奶小憩片刻。憑他現在的坦蕩，就算向夫人母女承認昨天的小插曲，也會問心無愧吧。

小木屋位於一片小型落葉松樹林中，距離鎮上有點遠。

他在木桌上托腮，頭頂有一隻鸚鵡正在模仿人說話。

但他並沒有閒情逸致去聽那隻鸚鵡說什麼，因為他正忙著描繪他那虛無飄渺的「魯本斯的仿畫」。這幅畫變得比以往更加生動鮮豔，令他十分欣慰……

就在這瞬間，他聽見兩輛腳踏車從小徑一路騎來，隨後停在小木屋前。那條小徑被樹枝擋住了，從他的角度看不見。還來不及看清來者是誰，年輕女孩特有的清澈嗓音便傳了過來。

「進去喝點飲料吧？」

聽見那聲音，他嚇了一跳。

「又要喝？這是第三次了。」答腔的似乎是名年輕男子。

他忐忑不安地盯著進小木屋的兩人。出乎意料的是，女孩正是昨天那位千金小姐。她身旁跟著一名相貌堂堂的青年，這是他頭一次見到這位青年。

青年瞥了他一眼，打算坐到離他最遠的位置上，千金小姐卻說：

「我想坐鸚鵡旁邊。」

於是兩人坐到了他隔壁桌。

千金小姐背對著他入座，他總覺得她是故意的。鸚鵡嘰哩呱啦地模仿人說話，千金小姐不時轉過身子去看鸚鵡。每當她一轉動，他便把目光從她的背上挪開。

千金小姐一直輪流與青年和鸚鵡聊天，那聲音聽著聽著，竟然與「魯本斯的仿畫」如出一轍。剛才他聽到千金小姐的嗓音後大吃一驚，正是這個緣故。

千金小姐身旁的青年與去年那群混血兒截然不同，不僅長相英俊，舉手投足也風度翩翩，儼然是位穩重大方的貴族子弟。兩相對照之下，他覺得青年簡直是從屠格涅夫小說裡走出來的。也許千金小姐直到遇見他，才明白什麼是真命天子……他陶醉於這一連串幻想中，卻又深怕自己一不小心陷入小說世界裡而不可自拔。

他猶豫著要繼續待在這裡，還是離開。鸚鵡依舊在模仿人說話，然而不論他怎麼聽，還是一句話也聽不懂。他心想也許這暗示了他內心一片混亂。

他猛然起身，笨拙地走出小木屋。

來到小木屋外，他看見兩輛腳踏車歪歪扭扭地倒在草地上，握把彼此交叉，宛如兩條手臂勾在一起。

同一時間，他背後傳來千金小姐銀鈴般的笑聲。

聽到那笑聲，他覺得好像突然有一種刺耳的音樂在他體內奏下。

沒錯，刺耳的音樂。他的守護天使腦筋肯定不太好，連彈奏吉他都會時不時走音。這名愚蠢的守護天使從未發過好牌給他，笨得教他啞口無言。

某天晚上。

他沿著昏暗的小徑從她家走回下榻的飯店，心中湧現出一股莫名的空虛感。

就在這時，他見到一對年輕的西方男女從前方暮色中走來。

男子拿著手電筒照亮地面，光線不時掠過女子的臉龐。每當光線掠過，年輕女子的面容便從閃閃發亮的小圓圈裡耀眼地浮現。

女子比他高很多，他必須抬頭才能看清楚她的長相。以這樣的姿勢仰望，令年輕女子的容貌顯得既美麗又莊嚴。

一瞬過後，男子再度將手電筒的光線挪到漆黑地面上。

他與他們擦肩而過，發現他們的雙臂如大寫字母般交纏在一起，唯獨他被孤伶伶地遺留在黑暗中，這令他激動得想吐，甚至萌生了尋死的念頭。

這種心情跟受到刺耳音樂洗禮非常相似。

整個早上他都在附近繞啊繞的，試圖擺脫那音樂般詭異的激動情緒。走著走著，他來到了一條陌生的小徑。

大概是因為從未來過這裡，他覺得自己好像跑到了離鎮上很遠的地方。

此時，他似乎聽到有人叫了他的名字。他到處張望，可是四下無人。就在他一頭霧水的時候，又有人喊他的名字。這次聽得比較清楚了，他朝著聲音的方向回頭，發現他所在的小徑旁長了一片約三尺高的草叢，草叢後有一名男子正在作畫。看到他的臉孔，他才想起那是他的一位朋友。

他艱辛地越過草叢，來到朋友身邊，然而朋友似乎不願與他聊天，只顧著專心作畫。他心想既然如此就別打擾朋友，於是在一旁坐下，靜靜地看朋友畫畫。他不時環顧周遭，試圖尋找朋友畫中的景物，可惜什麼也找不到。因為畫布上充滿了五顏六色的斑點，看起來像魚、像鳥、又像花，全部混在一起。

他盯著那幅奇妙的畫，看得入迷，一會兒後悄悄起身。見他打算離開，朋友抬頭望著他，說道：

「算了，就這樣吧，反正今天我就要回東京了。」

「今天就要回去？可是這幅畫還沒完成啊？」

「的確還沒完成，但我必須回去。」

「為什麼？」

朋友並未回答，只是將目光挪回自己的畫上。有好長一段時間，他的眼神彷彿都被牢牢吸在畫布的某個角落。

※

他一個人先回到飯店，在客房等剛才那位朋友來找他，他們約好了共進午餐。他從客房窗戶探頭，漫不經心地望著中庭裡盛開的向日葵，那些花長得比西方人還要高。

飯店後方的網球場傳來悅耳的網球拍聲，像是有人喝完香檳正在醒酒。他猛然起身，坐回窗邊的桌子前，隨後拿起筆來，然而桌上一張紙也沒有。他只好在自備的大張吸墨紙上草草寫了幾行字。

飯店是鸚鵡

茉麗葉從鸚鵡的耳洞探頭

但羅密歐不在
羅密歐可能在打網球
鸚鵡一張嘴
黑鬼就原形畢露

他想再讀一遍，但墨跡已經糊掉了，完全看不清楚寫了什麼。

然而，當朋友姍姍來遲，探頭要看他寫了什麼的時候，他還是將吸墨紙翻了過去。

「何必藏起來？」

「這沒什麼好看的。」

「你瞞不過我的。」

「瞞什麼？」

「前天的事，我都看到了。」

「前天？哦，你說那個啊。」
「今天就給你請客了。」
「你會錯意了啦。」
他只是陪她們去淺間山麓兜風而已，「真的就這樣」。——夫人當天所說的話再度浮現於腦海，令他默默羞紅了臉。
他們接著去餐廳，他趁機轉移話題。
「你的畫有進展嗎？」
「我的畫？老樣子。」
「那樣不是很可惜嗎？」
「沒辦法，這裡的風景雖然優美，卻非常難畫。去年我也來畫過，當時就覺得很挫折。這裡的空氣太好了，再遠的樹葉都一片片清晰可見，這怎麼可能畫得出來呢？」
「嗯，這樣啊……」
他用湯匙舀湯，舀著舀著手在不知不覺間停了下來。他想到了自己，或許他與她之間進展不如意，正是因為這裡的空氣太清新，一點小心思彼此都看得一清二楚。他試圖這樣說服自己。

他陷入沉思。再過幾天，他是否也只能像這位帶著風景畫半成品準備回東京的朋友一樣，拎著他那恐怕也只畫到一半的「魯本斯的仿畫」，再度離開這裡？

下午，他送朋友到郊外，然後獨自前去她家拜訪。母女倆正好在喝茶。夫人一見到他，似乎突然想起什麼，對她說道：

「要不要給他看那張妳坐嬰兒車的照片？」

她笑著走進隔壁房間拿照片。在她離開的時候，他的視野便如同她童年照片的色澤，自然而然地泛黃。從隔壁房間回來後，她遞給他兩張照片，但兩張都是最近才拍的，鮮豔得令他目瞪口呆。那是今年夏天在這幢別墅的花園裡拍攝的，照片裡的她坐在藤椅上。

「哪一張拍得比較好？」她問。

他搞不太清楚狀況，只能像羅患近視一樣眯起眼睛比較兩張照片，然後憑直覺指了其中一張。當他的指尖輕輕碰觸到照片上她的臉頰時，他覺得自己彷彿碰到了玫瑰花瓣。

夫人隨即拿起另一張照片說道：

「可是，你不覺得這張拍得比較像本人嗎？」

聽夫人這麼一說，他才發現那張的確更像現實中的她，另一張則與他幻想中的她——「魯本斯的仿畫」一模一樣。

過了一會兒，他想起剛才因為沒看到實照而消失的泛黃景象。

「那嬰兒車的照片呢？」

「嬰兒車？」

夫人的臉上顯現出幾分困惑，但很快便消失了。她露出一如既往、溫柔又帶點諷刺的獨特微笑。

「就是指藤椅啦。」

當天整個下午都籠罩在溫馨美好的氣氛裡。

這是否就是他望眼欲穿的幸福時光？

當他一離開她們，他便相思成疾。因為過度思念，他只好自顧自地描繪他的「魯本斯的仿畫」。畫著畫著，又懷疑這幅畫是否不像真實的她，導致他更渴望見到她們。

然而，像此時此刻般待在她們面前，他已心滿意足。在這一瞬之前，他還憂慮他心中的畫像是否不像真實的她，如今那些煩惱都煙消雲散了。為了切身感受自己就在她們面前，他把一切的紛紛擾擾、凡塵瑣事，甚至是這幾天來他急於解決的問題——他心中的畫到底像不像她，全都拋諸腦後了。

但他卻也隱約明白，自己面前的少女和心中所畫的少女是完全不同的兩個人。也許他描繪到一半的「魯本斯的仿畫」女主角的玫瑰色肌膚，在他眼前的少女身上根本找不到。

那兩張照片的小插曲，令這種想法更清晰了幾分。

傍晚時分，他沿著昏暗的小徑獨自走回飯店。

走著走著，他發現有一團黑影爬上了小徑旁樹林裡的大栗樹，令樹枝不停搖晃。他猛然想起自己那位腦筋不太靈光的守護天使，憂心忡忡地抬頭一看，某種深褐色動物突然從樹上一躍而下，原來是一隻松鼠。

「你這隻笨松鼠。」

他忍不住嘟囔道，一面望著松鼠慌張地背著尾巴竄進昏暗的樹林中，直到再也看不見那身影。

風起

故事結局依稀就在前方等我，可是忽然之間，女孩彌留的畫面卻猛然撞擊了我的心。我彷彿從夢中驚醒，一股難以言喻的恐懼和羞愧向我襲來。

即便風起，也須好好活著。

保羅．梵樂希（Paul Valéry）

序曲

那些夏天的日子，妳站在一望無際的菅芒花草原中，專注地揮灑畫筆，而我總是躺在一旁的白樺木樹蔭下。傍晚，妳將畫具收拾好後來到我身旁，我們並肩依偎，遙望那一團團籠罩地平線、鑲著橘紅色光暈的積雨雲。日暮西沉的地平線彼端，似乎正醞釀著什麼……

那樣的某個下午（當時已接近秋天），我們將妳畫到一半的作品留在畫架上，躺在白樺樹下啃水果。浮雲如沙子從空中流淌而過，突然間，一陣風不知從哪裡吹來，我們頭頂樹葉間一抹又一抹的藍也跟著忽大忽小。幾乎同一時刻，響起了東西猛然倒在草叢裡的聲音，聽起來是我們放在那裡的畫與畫架一起被吹倒了。妳馬上起身想過去看看，但我硬是拉住了妳，將妳留在身旁，彷彿深怕在這一瞬間失去些什麼，而妳答應了我。

即便風起，也須好好活著。

妳依偎到我身上，我伸手攬住妳的肩膀，喃喃重複這句脫口而出的詩。不久後，妳還是掙脫了我，起身去看畫具。畫布尚未乾透，一下就黏了整面的草。妳將畫重新擺回架子上，用調色刀辛苦地把草剔掉，一面說道：

「唉！要是父親看到剛才那幕……」

妳轉過頭望著我，露出有點曖昧的微笑。

「父親再過兩、三天就要來了。」

某天早晨，我們在森林中散步，妳突然這麼對我說。我不太高興，一直保持沉默。妳轉過頭望著我，用有些沙啞的嗓音道：

「到時候，我們就不能像這樣散步了。」

「只要妳情我願，愛怎麼散步就怎麼散步。」

我依然不太高興，明知妳略帶憂慮的目光投在我身上，我卻裝作只顧著好奇頭頂樹梢間的沙沙聲。

「父親不會讓我走的。」

最後我還是忍不住回頭看妳，眼神焦急如焚。

「妳在和我談分手嗎？」

「我別無選擇。」

妳說著，努力對我擠出微笑，儼然已經放棄。啊，那時妳的臉色，甚至連嘴唇都變得好蒼白！

「事情怎麼會變成這樣？我還以為，妳已經決定把自己都交給我了……」狹窄的山道上多了不少崎嶇裸露的樹根，我讓妳走在前面，自己步履蹣跚地殿後，一路上百思不得其解。此處的樹林更茂密了，空氣冰冷刺骨，四處都有小小的沼澤。忽然間，我腦海中閃過一個念頭——妳對今年夏天才偶遇的我都如此百依百順了，更何況是對令尊呢？還是說，面對所有像令尊那樣不斷控制妳生活的人，妳一向都不敢反抗？……「節子！若果真如此，我一定加倍愛妳。等我的生活都安頓下來，我便娶妳為妻，在那之前，妳就好好陪伴令尊吧……」我一面自言自語，一面像要懇求妳答應似的突然牽起妳的手，妳也任由我拉著。我們十指交扣地來到一處沼澤前，靜靜望著腳下的一汪天地。陽光費盡千辛萬苦才鑽過茂密的矮灌木林，照進沼澤深處，在沼底叢生的蕨類上落下稀稀疏疏的光點。那些從葉隙間灑落的光點，於拂過樹林後變得若有似無的徐風中輕輕搖曳。望著眼前的景象，我感到一股難以名狀的悲傷。

兩、三天後的某個傍晚，我在餐廳撞見妳和來接妳的令尊一塊吃飯。妳背對著我，動作有些僵硬。觀察妳在令尊身旁無意識下流露的神態與舉動，讓我發覺了妳小女孩的一面，那是我所不認識的妳。

「現在就算我喊她的名字……」我喃喃自語，「她也不會瞧我一眼吧？就像我喊的人根本不是她……」

當天晚上，我一個人意興闌珊地去散步，回飯店後又在空蕩蕩的中庭裡閒晃。山百合芬芳撲鼻，我茫然地望著飯店的窗戶，有幾盞窗仍然透著燈光。不久後起了薄霧，窗戶彷彿避之唯恐不及，一扇接一扇暗去，最後整座飯店變得一片漆黑。但就在此時，響起了一陣輕微的吱呀聲，一扇窗緩緩開啟，一名依稀穿著玫瑰色睡衣的女孩靜靜地倚在窗前，那女孩是妳……

你們離開後，那種看似悲傷的幸福感每天都壓迫著我的心，且至今依然能清晰地浮現於我腦海。

我把自己成天關在飯店裡，著手之前為了妳而長期擱置的工作。我從來沒想過自己居然能如此平靜地埋首其中。不知不覺間，季節已經完全更替，久不出戶的我直到也要啟程的前一天，才離開飯店去散步。

秋天令樹林變得雜亂無章，與往日大相逕庭。樹木的葉子少了許多，從空隙望過去，人煙稀少的別墅露台變得近在眼前，蕈類潮濕的氣息混合在落葉的氣味中。這出乎意料的季節變化令我萬分錯愕，沒想到我與妳分開已經過了這麼久。其實我心中的某個角落，一直堅信我與妳只是暫時分開，因此對我而言，這樣的時間變化彷彿也有了截然不同的意義……但當時的我還懵懵懂懂，直到不久後才明白是怎麼一回事。

走了十幾分鐘後，我來到一片樹林的盡頭，眼前頓時豁然開朗。一望無際的芒草原延伸至遙遠的地平線，我走進草原，在旁邊的白樺樹蔭中躺下，那棵樹的葉片已經開始轉黃了。那裡就是那些夏天的日子妳作畫時，我像現在一樣躺下來望著妳的地方。當時地平線幾乎都被積雨雲擋住了，如今卻連遠方不知名山脈的輪廓，都一座座清晰浮現在隨風搖擺的雪白芒草花穗上。

我凝視那些遠山的輪廓，把它們全都烙印在腦海。原來大自然待我不薄，以往這分感動一直潛藏在心裡，直到現在我恍然大悟，它才逐漸清晰起來……

春

三月天的某個下午，我跟往常一樣悠閒地散步，裝作路過來到節子的家。一進門口，便看到節子的父親頂著農夫常戴的大草帽，一手拿著剪刀，在旁邊的樹叢裡修剪枝葉。見到他這身打扮，我立刻像個孩子撥開樹叢到他身旁，一邊與他寒暄，一邊好奇地觀察他工作。整個人鑽進樹叢後，我發現細小的樹枝上到處都有不時發光的白色星點，那好像都是花苞……

「節子最近的精神好多了。」父親突然抬頭，和我談起節子，那時我剛與她訂婚。

「等她氣色再好一點，我想讓她換個地方養病，你覺得呢？」

「好啊，不過……」我欲言又止，假裝在端詳眼前的一顆花苞，那顆花苞從剛才便一直閃閃發亮。

「我最近一直在物色有沒有不錯的地方……」父親沒有理會我，繼續說下去。「節子說，不曉得F療養院怎麼樣……你是不是認識那裡的院長？」

「嗯。」我回答得有些心不在焉，忍不住將剛才觀察的白色花苞樹枝拉到眼前。

「可是，療養院那種地方，一個人去會不會住不慣？」

「我看大家都是一個人去住。」──

「但我怕節子住不慣。」

父親面露難色，不過他並沒有看我，而是突然拿起剪刀修剪眼前的一根樹枝。見他如此，我再也按捺不住，講出了我猜父親一直在等我開口的話。

「不如我陪節子一起去吧？我手邊的工作到時候也該告一段落了……」

我說著，將剛才特地拉到眼前的花苞樹枝輕輕鬆開，父親的表情頓時開朗了起來。

「那樣就再好不過了，只是……你會比較辛苦……」

「不，也許山上的環境反倒適合我工作……」

接著，我們開始討論那家蓋在山區的療養院，聊著聊著，話題又不知不覺轉移到父親正在修剪的植物上。在同病相憐的情緒渲染下，連這些漫無邊際的對話都能令人興味盎然……

「節子不知醒了沒有？」一會兒後，我不經意地問道。

「不曉得，應該醒了吧……無妨，你去看她吧，從那裡進去就好……」父親用拿著剪刀的手指了指院子的木門。我吃力地鑽出樹叢，扳開被藤蔓纏住而有點卡住的木門，穿過院子，走向原本是她的畫室，如今已變成隔離病房的小屋。

節子似乎早就知道我到了，只是沒料到我會直接從院子過來。她穿著睡衣，披著鮮豔的和服外套，躺在長椅上，雙手正在把玩一頂繫著細緞帶的女帽，我從來沒看過那頂帽子。

我隔著玻璃門一面望著她的身影，一面走上前。她好像發現我來了，下意識地動了一下想起身，但最後還是躺回椅子上，只把臉轉過來，有些不好意思地盯著我微笑。

「怎麼不睡？」我在門口粗魯地脫掉鞋子，一邊問道。

「想說起來一下，可是馬上就累了。」

她說著，將剛才漫不經心把玩的帽子隨手扔向旁邊的梳妝台，但因為動作有氣無力，帽子半途落到了地板上。我走過去，彎腰撿起帽子，臉幾乎碰到她的腳。接著換我有樣學樣，把帽子拿在手裡當作玩具。

一會兒後，我問道：「妳怎麼會拿著這頂帽子？」

「這是父親昨天買給我的，也不曉得什麼時候才有機會戴……他是不是很傻？」

「原來是父親挑的？妳看他多疼妳……來，戴給我看看。」我半開玩笑地將帽子往她頭上戴。

「討厭，不要啦……」

她說著，撐起上半身，彷彿在嫌我胡鬧，又像是在閃躲帽子。接著，她露出了有點心虛的淺淺微笑，忽然用消瘦無比的手梳理起略顯凌亂的髮絲。那種不經意的、自然流露的動作充滿女人味，非常性感，像在愛撫我一樣令我呼吸急促，我只好把視線從她身上挪開……

一會兒後，我將手中把玩的帽子輕輕放在旁邊的梳妝台，突然若有所思地陷入沉默。我的眼神依舊在躲避她。

她忽然抬頭看我，擔憂地問：「你在生我氣嗎？」

「沒有。」我終於看向她，話鋒突然一轉。「我剛才聽父親提過了，妳真的打算去療養院嗎？」

「嗯，就算窩在家裡也不曉得什麼時候會好起來。只要能早點康復，要我去哪裡都行，只是……」

「怎麼了？妳想說什麼？」

「沒事。」

「沒關係，妳說吧……妳如果不肯講，就由我替妳講吧？妳是不是希望我陪妳一起去？」

「沒那回事！」她急忙打斷我。

但我不顧她的抗議，繼續往下說，只是語氣和剛才不一樣，變得愈來愈嚴肅並帶著幾分不安。

「……不，就算妳不准我去，我還是要陪妳去。倒是有件事令我耿耿於懷……我們還沒在一起之前，我曾經有個夢想，就是和妳這樣惹人憐愛的女孩，找一座幽靜的深山隱居，當神仙眷侶。我記得很久以前我跟妳提過這個夢想吧？就是山間小屋那次啊，當時妳還天真地笑著說：『不知我們在深山是否活得下去……』我在想，妳這次說要去療養院，是不是因為我的那番話在不知不覺間打動了妳的心？……我沒猜錯吧？」

她一直努力保持微笑，靜靜聽我說，但還是一口否定了我。

「那種事我早就不記得了。」她說完後，反倒露出安慰的眼神望著我。「你有時候真的很異想天開……」

幾分鐘後，我們像什麼事都沒發生過一樣，一起好奇地望著玻璃門外的草坪。翠綠的草坪升起了一縷又一縷的煙靄……

※

四月以後，節子的病情似乎逐漸有了起色。儘管恢復得非常緩慢，但愈是緩慢，一點一滴的進步就愈是明顯，讓我們有種說不出的踏實感。

某日下午我去探望節子，當時父親正好出門了，節子獨自待在病房。那天的她看起來精神不錯，不像平常一樣老是穿著睡衣，而是難得換了一件藍色罩衫。見她氣色頗佳，我便決定無論如何都要拉她到院子裡走走。當天雖然有風，但很輕柔，吹起來非常舒服。她沒什麼自信地笑了笑，最後還是同意了我的提議，將手搭在我的肩膀上，小心翼翼地從玻璃門走出來，搖搖晃晃地踏上草坪。我們沿著籬笆朝茂密的樹叢走去，樹叢混雜了各國品種，枝葉交錯，已經分不清楚哪一株是哪一株，到處都長滿了含苞待放的白、黃、淡紫色小花蕾。我在其中一棵樹叢前停下，突然想起去年秋天的時候，她曾經教我認識這些植物。

「我記得妳說這是紫丁香？」我轉頭看她，不太肯定地問道。

「其實……應該不是紫丁香……」她的手依然輕輕搭在我肩上，語氣帶著歉意。

「呃……所以，妳以前騙我？」

「是送花的人說它是紫丁香，不是我故意要騙你……反正我也不喜歡這種花。」

「都種到快開花了，妳現在才跟我說！那我看這個也……」

我指著旁邊的另一叢植物。「妳之前說這是什麼？」

「金雀兒？」她接下我拋出的疑問，我們走到那叢灌木前。「是金雀兒沒錯，你看，有黃色和白色兩種不同的花苞對吧？聽說這種白色品種非常罕見……父親很引以為傲呢……」

我們有一搭沒一搭地閒聊，節子的手始終沒有離開我的肩膀。她一直依偎在我身上，與其說她累了，不如說她很陶醉。我們沉默了一會兒，彷彿這樣就能讓人生暫停在花香四溢的這一刻。微風不時從籬笆空隙吹來，如壓抑的呼吸般拂過我們面前的樹叢，輕輕掀起葉片後又悄然而逝，徒留我們二人在原地。

忽然，她把臉埋進搭在我肩膀的手上，我發現她的心跳比平常還要快。「累了嗎？」我柔聲問道。

「不累。」她小聲回答，但我感覺她壓在我肩上的重量正逐漸加重。

「都怪我身體這麼虛弱，拖累了你……」她的聲音細若蚊蚋，與其說是我聽到的，不如說是我感應到的。

「妳身體不好，我只會更心疼妳，妳為什麼不懂我的心呢？」我著急地在心中對她吶喊，表面上卻裝作什麼也沒聽到，只是靜靜地站著不動。此時她忽然仰起頭，慢慢將手從我的肩膀上鬆開。

「為什麼我現在會變得這麼膽小呢？之前不管病得多重，我都不會胡思亂想啊……」她的聲音很低，像在喃喃自語。沉默使這番話更令人忐忑不安。她突然抬頭凝視我，又低下頭，有些激動地提高音調：「我突然好想活下去……」

接著，又以小到幾乎聽不見的聲音補充：「因為有你陪著我……」

※

那是比我這一輩子都刻骨銘心，卻也令我肝腸寸斷的美好歲月，令我們驀然想起那句淡忘已久的詩——

即便風起，也須好好活著。

那是兩年前我們第一次相遇的那個夏天，我不經意間脫口而出的詩，有段時間，我總愛隨口朗誦它。

我們開始準備月底前往八岳山麓的療養院。我與那裡的院長有幾分交情，便請他日後若來東京，在我們去療養院前先替節子診斷一下病情。

某天，院長終於來到位於郊外的節子家。初步診察後，院長對病人說：「沒什麼大礙，在山區靜養一、兩年，忍耐一下就好了。」說完便匆匆離去，我則送院長到車站，因為我想請院長告訴我節子更詳細的病況。

「請你不要對患者本人提起，至於她父親，我會找時間親自與他詳談。」院長說完這段開場白後，面色凝重地向我詳細說明了節子的病情。然後，他盯著一直默默聽著的我，擔憂地道：「你臉色也不太好，我順便幫你檢查一下吧。」

從車站回去後，我再次踏入病房，發現父親仍留在節子的病榻旁，陪她討論去療養院的日期等事宜。我臉色一沉，也加入了討論。過沒多久，父親像是突然想起什麼一樣站了起來，沒頭沒腦地說了一句：「既然狀況好得差不多了，說不定只要去住一個夏天就好。」說完便走出了病房。

房裡剩下我與節子，兩人不約而同陷入沉默。傍晚春意盎然，我的頭從剛才便隱隱作痛，而且愈來愈嚴重。於是我悄悄站起來，走向玻璃門，將其中一扇門打開一半，靠在門上發呆。我站了一會兒，自己也不知道自己在想什麼，只是茫然地望著遠處籠罩在薄霧中的樹叢，心想：「好香啊，不知道那是什麼花？」

「你在做什麼？」

背後傳來病人有些沙啞的嗓音，將我從接近麻木的狀態中喚醒。但我仍然背對著她，裝作在漫無邊際地想事情。

「我在想妳，想山，還有想我們在那裡的生活……」我斷斷續續地道。但當我將這些事情說出口，我發現自己好像真的一直在思考這些事。沒錯，我連這些都想好了：「去那裡之後，一定會發生很多事……但人生就是這樣，還不如像妳一樣隨遇而安，交給上天安排就好……說不定，我們在那裡會有什麼意料之外的收穫……」原來我早就想了這麼多，但因為一直被無關緊要的瑣事分心，自己才完全沒注意到……

明明院子還算亮，但當我定睛一看，室內已經完全暗下來了。

「要不要開燈？」我說道，突然回神。

「先不要開……」她回答，嗓音比之前更加沙啞。

我們沉默了一會兒。

「我有點喘不過氣，草腥味太濃了……」

「那我把門關上吧。」

我一面回答一面握住門把，準備將門拉上，語氣流露出哀痛。

「你……」這次她的嗓音更啞了，變得很中性。「剛才哭了吧？」

我嚇了一跳，猛然朝她回頭。

「誰說我在哭……妳看看我。」

但她仍然躺在床上，沒有轉過頭看我。室內一片昏暗，視野模糊不清，但我發現好像她一直在盯著什麼。我擔憂地循著她的視線望過去，發現她只是在凝視天空。

「院長剛才一定對你說了些什麼吧……你瞞不過我的……」

我想立刻回答些什麼，卻一個字也說不出口，只好悄悄地、輕輕地關上門，再度望著日暮西沉的院子發愣。

一會兒後，背後傳來了深深的嘆息。

「對不起。」她終於開口了，聲音有些顫抖，但比之前冷靜許多。「你不必想太多……接下來的日子，能活多久，就活多久吧……」

我轉過頭，發現她的手指輕輕按著眼頭，一直沒有放下。

※

四月下旬的某個陰天早晨，父親送我們到停車場。我們像要去度蜜月般，在父親面前開開心心坐上了開往山區的二等火車車廂。火車緩緩駛離月台，留下故作堅強的父親獨自待在那兒，他微微駝著背，看起來一下子蒼老了許多。

火車完全駛離月台後，我們關上窗戶，臉上立刻浮現落寞的神色。我們在空蕩蕩的二等車廂一隅坐下，兩人的膝蓋緊緊靠在一起，彷彿這樣就能溫暖彼此的心……

風起

我們搭乘的火車攀越連綿山峰，駛過幽深峽谷，又忽然經過遍布大片葡萄田的台地。火車在台地開了許久，終於進入八岳山區，頑強地爬起彷彿沒有盡頭的山路。天幕逐漸低垂，原本固定在天邊的烏雲，竟在不知不覺間飄散開來，盤旋到我們頭頂。空氣變得冰冷刺骨，我將外套領子立起來，憂心忡忡地守著節子。她將身體縮進了披肩裡，雙眼緊閉，表情雖然疲憊卻難掩興奮。有時她會迷濛地睜開眼睛望著我，剛開始我們總會相視而笑，漸漸地只是憂慮地互看一眼，便不約而同將目光挪開。然後，她又再次閉上眼睛。

「好像愈來愈冷了，會不會下雪呢？」

「都四月天了，還會下雪嗎？」

「嗯，山區的確有可能下雪。」

我望向窗外，明明還不到下午三點，周遭卻完全暗下來了，四處都是烏漆墨黑的冷杉，混雜著一排又一排光禿禿的落葉松樹，提醒我們火車已通過八岳山腳。照理說眼前應該是高山峻嶺，但我們卻連山的影子和輪廓都沒看見……

火車停在一座小得跟倉庫沒兩樣的山麓小車站，一位身著短袍的老雜工在車站迎接我們，他的短袍上繡有高原療養院的標誌。

我扶著節子，走到停在車站前的一輛小型老轎車旁。她在我懷裡有點踉蹌，但我裝作沒有發現。

「累了嗎？」

「還好。」

幾位和我們一塊下車的人似乎是當地居民，見我們這樣，一直在旁邊竊竊私語。等到我們坐上轎車後，那些人已不知不覺混進其他村民中，消失在村子裡了。

我們的轎車經過一座矗立著成排破舊小屋的村莊，接著駛入崎嶇不平的坡道，很難想像這條坡道會延伸到八岳山頂。就在我覺得路途永無止盡的時候，一座帶有紅色屋頂與幾棟側樓的大型建築，在雜木林的襯托下映入眼簾。「就是這裡了吧？」我喃喃自語，身體隨著轎車左右搖晃。

節子微微抬頭，心不在焉地望了它一眼，眼中帶著幾分憂愁。

我們抵達療養院後，被安排到二樓盡頭的第一間病房，房間背面就是雜木林。經過簡單的檢查後，節子被勒令立刻臥床靜養。病房鋪了油氈地板，房裡除了漆成純白色的床鋪與桌椅之外，只有剛才雜工送來的幾個行李箱。剩下我們之後，我因為一時之間靜不下來，又不想窩進為家屬而設的小廂房，只好在空蕩蕩的室內漫無目的地張望，然後頻頻走到窗戶旁觀察天氣。寒風拖著厚重的烏雲，雜木林不時傳來嘈雜的聲響。我衣衫單薄地走進陽台，陽台沒有任何隔間，一路延伸到最底端的病房。上面完全沒有人，我便在陽台隨意走動，逐一觀察每間病房。來到第四間病房時，我從半開的窗戶看見一名患者躺在屋裡，隨後便匆匆回頭。

療養院終於點燈了。我們接過護士送來的晚餐，以獨處後吃的第一頓飯而言，這頓飯吃得有些淒涼。用餐時，窗外已經伸手不見五指，等我察覺四周突然鴉雀無聲，才發現不知何時下雪了。

我起身，將半開的窗戶稍微掩上，臉貼在玻璃窗上，盯著雪花片片飄落，盯到連呼吸都在窗上起霧了。一會兒後我離開窗邊，轉頭望向節子：「唉，為何偏偏是妳……」

她躺在床上抬頭看我，眼神像在求饒，同時以手指抵住嘴唇，阻止我說下去。

※

療養院就蓋在八岳山遼闊的紅土山麓緩坡上，方位座北朝南，旁邊延伸出好幾棟平行的側樓。幾座小山村沿著山麓綿延的陡坡而建，最後在黑松樹林的團團包圍下，隱沒於看不見的峽谷中。

從療養院朝南的陽台，可以俯瞰傾斜的山村與紅土農田。天氣晴朗時，還能從周遭一望無際的松樹林上，看見由南而西的南阿爾卑斯山脈及幾條支脈，在山中湧出的雲霧下若隱若現。

抵達療養院的第二天清晨，我在廂房中一醒來，便從小小的窗櫺看見了湛藍的晴空，以及幾座彷彿從大氣裡冒出來、酷似雞冠的雪白山巔。至於躺在床上看不到的陽台及屋頂積雪，則在春日豔陽下，突然升起了裊裊不絕的水蒸氣。

我有點睡過頭，於是趕緊起床來到隔壁病房。節子早就醒了，她裹在毯子裡，臉蛋紅通通的。

「早安。」我發現自己的臉也跟著泛紅，隨口問道：「睡得好嗎？」

「嗯。」她點了點頭。「昨晚吃了安眠藥，不過頭有點痛。」

我聽完故作瀟灑，打起精神把窗戶和通向陽台的玻璃門全部打開。刺眼的陽光令我幾乎一度什麼也看不見，等到眼睛逐漸適應，才發現埋在雪裡的陽台、屋頂、田野，甚至是樹木，都冒著輕飄飄的水蒸氣。

「對了，我做了一個非常奇怪的夢，就是……」她在我身後開口。

我馬上就知道她又要逼自己講難以啟齒的事了。每次她這麼做，嗓音就會像這樣變得有些沙啞。

我轉身面對她，這次換我用手指抵住她的嘴，不讓她說出來……

一會兒後，和藹可親的護士長匆匆忙忙進來了，她每天早上都會像這樣巡視病房，逐一探望患者。

「昨晚有好好休息嗎？」護士長語氣輕快地問道。

病人沒有說話，只是乖乖點了頭。

※

住在山上的療養院會讓人產生一種特殊心境，將一般人眼中的終點視為起點。進療養院後不久，院長便請我到診察室看節子的胸部X光照片，看完後，我才模模糊糊意識到原來我產生了這種陌生的心境。

院長帶領我到窗邊，將照片對準太陽，讓我能看得更清楚，然後開始一一講解。右胸明顯有幾根白色的肋骨，左胸卻幾乎看不見肋骨，取而代之的是一叢宛如神祕黑色花朵的巨大病灶。

「病灶擴散得比預料中還快……沒想到已經這麼嚴重了……這可能是目前院內排

名第二的重症患者……」

離開診察室後，院長的話一直在我耳邊嗡嗡作響，但我就像個喪失思考能力的人，腦海只記得剛才看到的神祕黑色花朵圖案，至於院長所說的話則彷彿一切與此無關。回程路上的白衣護士、在陽台各處曬日光浴的裸體病人、病房大樓的喧囂聲與小鳥的鳴叫，我全都視若無睹、充耳不聞。當我終於走進最偏遠的病房大樓，踏著機械式的步伐，準備爬上樓梯，回到我們病房所在的二樓時，樓梯前的某間病房忽然傳出一陣詭異的、前所未聞的恐怖乾咳聲。「哦，原來這裡也有病人？」我心想，茫然地盯著門上「No. 17」的數字。

※

自那天起，我們與眾不同的愛情生活便拉開了序幕。

住院以後，節子被叮囑需要靜養，只能整天躺在床上。與住院前精神不錯時，還會努力起床的她相比，現在的她看起來更像病人，不過病情似乎沒有惡化，醫生們也把她當成不久就會康復的病人來對待。院長甚至還風趣地說：「我看病魔也逃不過我們的手掌心。」

那段日子，四季就像是為了趕上之前落後的進度，突然加快腳步，令春天和夏天幾乎同時而至。每天清晨，我們都在夜鶯和布穀鳥的鳴叫中甦醒，周遭樹林的綠意無時無刻不從四面八方湧入療養院，連病房內都一片翠綠。那樣的日子，白雲總是一早便從群峰中湧現，傍晚再回歸山巒。

我與節子剛開始朝夕相處時，我幾乎天天守在她的枕畔。由於每一天都過得差不多，生活雖不乏味卻很單純，以至於當我回憶那段時光，居然分不清哪一天在前，哪一天在後。

確切來說，是我們日復一日過著差不多的日子，逐漸失去了對時間的概念。那些缺乏時間概念的歲月裡，日常生活中每一點芝麻綠豆的小事，都散發著前所未有的魅力。她的體溫、她迷人的幽香，她略微急促的呼吸、她牽著我手的柔荑、她的一顰一笑，以及偶爾的閒話家常——那些日子單調到除去這些便什麼也不剩，但我們的人生本來就是由這些點滴匯聚而成的，只要與她分享，再芝麻綠豆的小事都能讓人心滿意足，對此我深信不疑。

那段歲月裡，唯一的大事是她偶爾會發燒，令她的身體一日比一日孱弱。但我們也試著在那樣的日子，以更細膩的心、更緩慢的步伐，如偷嘗禁果般去品味一成不變的生活。因此，我們才得以沉浸在帶有幾分死亡氣息卻活生生的幸福裡。

某天傍晚，我站在陽台，節子躺在床上，兩人一同眺望著前方剛落入山脊的夕陽。黃昏下，附近的山巒、丘陵、松樹林、梯田，有一半都被染得通紅，另一半則漸漸籠罩上模糊的陰影。小鳥們有時會忽然飛到樹林上畫出拋物線——儘管早已看慣這一帶轉瞬即逝的初夏黃昏風景，但若不是此時此刻的我們，恐怕也不會湧現出那麼多感動。我便想，假設多年以後，某日我回憶起這道美麗的夕陽，一定會覺得那就是我們此生最幸福美滿的風景。

「你在想什麼，這麼出神？」節子在我背後終於忍不住開口。

「我在想，很多年以後，當我們回顧現在的生活，一定會覺得很幸福吧。」

「應該會唷。」她欣然回答，同意我的感想。

隨後我們再度沉默不語，繼續遙望同一片風景。可是接下來，我卻忽然陷入一種迷茫、毫無頭緒的痛苦之中，覺得陶醉在夕陽中的人是自己彷彿又不是自己。這時，背後傳來了一聲深深的嘆息，但我覺得那好像也是我的嘆息。為了確定來源，我轉頭看她。

「如果……」她深深地回望我，嗓音略微沙啞。她好像在猶豫，所以沒有把話講完，忽然又態度一轉，自暴自棄似地說：「如果能活到那時候就好了。」

「妳又在胡思亂想！」

我忍不住低吼。

「對不起。」她簡短地道歉，把臉別開。

剛剛那股莫名其妙的情緒，在我心中逐漸轉變成焦慮。我再次望向山巒，但方才那一瞬間出現在這片風景上的、非比尋常的感動，已經消失無蹤了。

當天夜裡，我準備到隔壁廂房就寢時，她叫住了我。

「剛剛對不起。」

「沒事了。」

「其實我本來是想說別的事……但不小心就講出那種話了。」

「妳本來想說什麼？」

「……我記得你說過，只有面對生命終點的人，才會打從心底為大自然的美而動容……我當時想起這句話，就覺得眼前的美景會不會也來自這番道理……」她說著，凝視我的臉龐，眼中流露出千言萬語。

她的話衝擊著我的心，使我不禁垂下眼簾。突然間，一個念頭閃過我的腦海，剛才那令我惶惶不安的茫然情緒，終於在內心逐漸清晰……「是啊，為什麼我沒早點想到呢？剛才受美景感動的不是我，而是『我們』。是節子的靈魂透過我的雙眼，在我腦海中做了一場夢……我卻渾然不覺節子在遙想自己臨終的風景，還自顧自地以為我們會白頭偕老……」

我陷入千頭萬緒，過了許久才抬眼，這段期間她始終望著我。我躲開她的目光，彎腰輕輕吻了她的額頭，內心慚愧不已……

※

盛夏終於來臨了。山上的夏天比平地更炎熱，病房後的雜木林蟬聲大作，整天吵個不停，彷彿森林失了火，就連樹脂的氣味都從敞開的窗戶飄進來。傍晚時分，許多病人都將床鋪挪到陽台上透氣。見到那麼多病患，我們才意識到最近療養院的病人一下子增加不少，但我們仍然與世隔絕地沉浸在兩人世界中。

這段期間，節子因為酷暑而胃口全失，晚上也經常失眠。為了讓她安心午睡，我比以前更注意走廊上的腳步聲，以及從窗外飛進來的蜜蜂、牛虻等昆蟲，甚至提醒自己不要因為炎熱而不自覺地加重呼吸。

在病人的枕邊放輕氣息，守著她午睡，對我而言有點像在淺眠。我可以清楚感覺到她入睡後呼吸的快慢變化，甚至連心跳都與她同步。有時她呼吸不順，會將微微痙攣的手壓在喉嚨上，試圖減輕症狀——我怕她做惡夢，總是猶豫著是否該叫醒她，幸好那些痛苦的症狀很快便會平復下來。接著我會鬆一口氣，覺得光是看著她平靜地呼吸，心裡就十分安慰——等她醒來後，我會輕輕吻她的髮絲，而她總是滿眼倦意地望著我。

「你在陪我嗎？」

「嗯，陪妳打瞌睡。」

那樣的夜晚，當我自己也輾轉反側，我就會下意識地把手放到喉嚨上，模仿她壓抑症狀的動作，這似乎已成了一種習慣。等我意識到自己做出這種動作，就會真的喘不過氣，但那反而令我覺得很欣慰。

「最近你的臉色好像不太好。」某天她突然一直盯著我，對我這麼說，「怎麼了嗎？」

「我沒事呀。」我其實很喜歡她關心我，「我一直都這樣啊？」

「不要老是窩在病人身邊，出去散散步吧？」

「天氣這麼熱，散什麼步？晚上又伸手不見五指……何況我已經每天都在醫院裡跑來跑去了。」

為了打斷這個話題，我聊起每天在走廊上遇見的其他病人。有一群年輕患者總是聚在陽台邊仰望天空，想像天上有個賽馬場，把飄動的雲依照形狀比擬成動物。還有一位個子很高、看起來很嚇人的重度神經衰弱患者，他總是緊緊抓著看護的手臂，漫無目的地在走廊上遊蕩。不過，我倒是刻意忽略了未曾謀面卻經常通過他們門前的第十七號室患者，絕口不提每次經過時都會聽到的毛骨悚然咳嗽聲。他恐怕是整座療養院中，病情最嚴重的患者了……

八月已逐漸接近尾聲，但每晚仍然熱得難以入眠。某天夜裡，我們一直睡不著（當時早就過了晚上九點的就寢時間……），聽到對面樓下的病房傳出不明騷動。走廊不時響起匆匆的腳步聲、護士小姐壓低音量的呼喊聲，以及儀器尖銳的碰撞聲。我緊張地聽了一會兒，就在我以為騷動終於平息時，各棟病房卻幾乎同時爆出與那非常相似的、壓抑的嘈雜聲，最後連我們正下方也傳來那種聲音。

我大概猜到如暴風雨席捲療養院的騷動是什麼了。那段時間我一直豎著耳朵，探聽隔壁病人的動靜，她剛才雖然已經熄燈，但應該和我一樣睡不著。病人似乎一動也沒動，連翻身都沒有。我也屏息靜靜地躺著，等待暴風雨自行過去。

直到深夜，暴風雨才逐漸遠去。我不禁鬆了口氣，正覺得昏昏欲睡時，卻突然被隔壁房的病人驚醒，她發出了好幾聲像是壓抑許久的猛烈咳嗽。咳嗽聲戛然而止，但我還是不放心，便悄悄進到了隔壁病房。漆黑中，病人彷彿受到了驚嚇，睜大眼睛望著我。我沒有說話，走到她身旁。

「我沒事啦。」

她勉為其難地露出微笑，用我幾乎聽不見的音量低語。我默默坐到床邊。

「我想要你陪我。」

病人怯生生地央求，這一點也不像平常的她。那晚我們整夜沒睡，一直熬到天明。

這件事發生後過了兩、三天，夏天便突然結束了。

※

到了九月，先是三不五時下起暴雨，不久又轉為連綿不絕的細雨。葉子彷彿還來不及枯黃，就會被雨水泡到腐爛。療養院的每個房間都窗戶緊閉，室內昏暗不明。寒風不時拍打窗戶，後方雜木林呼呼作響，像在低吼。無風的日子裡，我們整天都在聽雨點落到陽台屋頂上的滴答聲。某天清晨，細雨變得如薄霧，我隔著窗戶朦朧地往下望，看著陽台對面狹長的中庭在晨曦下逐漸變亮。此時，一名護士從中庭另一頭走來，在毛毛雨中採起四處盛開的野菊和波斯菊。我認得她，她是第十七號室的看護。「唉，看來那位一直發出恐怖咳嗽聲的病人已經去世了。」我突然浮現這個念頭，盯著那名護士勤奮地淋雨採花，心頭猛然一緊。

「他應該是這裡病得最重的患者吧？最後他還是走了，下一個會是誰呢？……唉，如果院長沒跟我說那些話就好了……」

護士已經捧著一大束鮮花走到陽台底下，我卻依舊茫然地把臉貼在窗戶玻璃上。

「你在看什麼啊？」病人從床上問我。

「有個護士從剛才就在雨中採花，她是誰呢？」

我喃喃自語，最後還是離開了窗戶旁。

那一整天，我都不敢正視病人的臉，倒是節子三不五時便盯著我，我猜她早就看穿了我的心思，只是故意裝作不知情，這反而令我更加煎熬。我不能放任彼此都抱著無法言說的不安與恐懼，自顧自地胡思亂想，因此我拚命想忘記這件事，但它就是一直縈繞在我腦海。最後，我突然想起了一個早就被我遺忘的惡夢，那是我們來到這所療養院第一天的雪夜，病人所作的惡夢。原本我根本不想知道內容，後來還是忍不住問了她——那是一個非常詭異的夢，病人變成了屍體，躺在棺材裡，人們抬著棺材，穿過不知名的草原，走進森林。她明明已經嚥下最後一口氣，卻從棺材裡清楚目睹了冬天枯萎的荒野與黑壓壓的松樹林，甚至不時聽到颳過棺材的蕭瑟風聲……從夢中醒來後，她發現自己的耳朵變得非常冰，就連耳中都還迴盪著松樹的沙沙聲……

如霧的雨一連下了好幾日，天氣已經完全入秋。仔細觀察，我才發現原本為數眾多的病患都已陸續離開療養院，只剩不得不在此過冬的重症患者留下。療養院又變得跟夏天來臨前一樣冷清，第十七號室患者之死，更是一下子突顯了那分寂寥。

九月底的某個早晨，我無意間從走廊北側的窗戶，看到一直有人進出後方霧氣重重的雜木林。我感到不太對勁，但詢問護士，她們卻一問三不知。後來我就把這件事忘了，直到第二天一早，又隱約見到三名工人來到樹林，在霧裡砍伐山丘旁的栗樹。

當天我偶然聽說了一起昨日剛發生、病人們都還不知道的憾事——那位嚇人的重度精神衰弱病患，在後面的樹林裡上吊自殺了。聽完這件事，我才驚覺那名每天都會與我碰到幾次面，總是抓著看護手臂在走廊遊蕩的高個男子，從昨天就突然不見了。

「原來是輪到那個男的……」自從第十七號室的患者去世後，我就變得神經兮兮，直到這起死亡事件相隔不到一周突然發生，我才不由自主地鬆了一口氣。照理說這起自殺慘劇應該會令我感到毛骨悚然，但我卻因為鬆了一口氣，幾乎連恐懼都忘了。

「醫生說節子的病情僅次於之前病逝的患者，看來未必馬上就會輪到我們。」我一派輕鬆地告訴自己。

後方的森林被砍了兩、三棵栗樹，留下一塊光禿禿的空地。之後又有幾位工人將山丘邊緣剷平，把土運到病房大樓北側一處傾斜的小空地，將斜坡填平。他們打算把那裡改造成花圃。

※

「爸爸寄信來了。」

我從護士遞給我的一疊信中拿出一封交給節子。她躺在床上接過信，眼神突然像小女孩一樣亮起來，立刻讀起信件。

「哇，爸爸要來看我們了。」

依據信裡所寫，父親正在旅行，打算近期趁著回程順路拜訪療養院。

那是十月的某一天，陽光明媚，不過風有點大。最近節子因為臥床而食欲下降，身材消瘦不少，但自從那天起，她便努力吃飯，甚至三不五時從床上爬起來坐著。她的臉上也時常浮現微笑，彷彿想到什麼開心的事。我知道她是在預習於父親面前才會流露的小女孩笑容，便順著她的意。

幾天後的一個下午，她的父親終於來了。

父親的臉看起來比之前蒼老許多，但更教人驚訝的是他的背駝得更嚴重了。還有，他似乎很害怕醫院的氣氛。進入病房後，他坐到了我平日陪在病人枕畔的位置。節子大概是這幾天活動量太大，從昨天傍晚便開始發燒，因此被醫師叮嚀一早就要乖乖躺好，這令她大失所望。

父親想必是以為女兒的病情已好得差不多，卻見她仍然臥病在床，臉上不禁流露出幾分擔憂的神色。他環顧病房的每一個角落，觀察護士們的一舉一動，甚至到陽台外去查看，彷彿想調查出原因，幸好似乎都還令他滿意。他盯著病人不是因為興奮，而是因為發燒才變得愈來愈紅的臉蛋，不停重複說著「氣色不錯」，似乎是想藉此說服自己女兒的病情已經好轉。

後來我便以有事為藉口離開病房，讓父女倆獨處。一會兒後，我回到房間，發現病人已經從床上坐起，被子上擺滿了父親帶來的點心盒和小紙袋，裝的全都是她小時候愛吃、現在父親也認為她愛吃的東西。她看到我的時候，就像搗蛋的小女孩被抓到似的，變得面紅耳赤，趕緊把東西收拾好，立刻躺下。

我覺得自己回來得不是時候，索性遠離他們遠一點，在窗邊的椅子坐下。父女倆又繼續聊起剛才因我而中斷的話題，不過音量比剛才小。他們聊的大多是親朋好友的近況，但那些人我都不認識。她聽著聽著似乎有點感動，只可惜我無法陪她一塊共鳴。

我就像是在欣賞一幅畫，看著他們父女倆談天說地。我發現她陪父親聊天時，不論是表情還是聲調，都會變得小女孩一樣燦爛，她那孩子氣的幸福模樣，不禁讓我遙想起我所不知道的、她的少女時光。

得到短暫的機會與她獨處後，我走到她身旁，在她耳邊調侃：

「我都不知道妳是這麼嬌羞的小女孩，今天總算見識到了。」

「幹嘛取笑我。」她用雙手摀住臉蛋，跟少女一樣。

※

父親待了兩天便回去了。

回去前，父親請我帶他到療養院周圍散步，不過，最主要的目的是與我單獨談談。那日萬里無雲，八岳山的紅土山地前所未有地清晰，然而即便我指著山脈，父親也只是微微抬眼，又繼續埋頭說話。

「難道這裡不適合她養病嗎？都過去半年多了，至少該有點起色啊……」

「大概是因為今年夏天各地氣候都不佳吧？大家都說在這種山區療養院過冬最有效……」

「那或許再忍耐一下，待到冬天比較好……可是我怕她忍不到冬天……」

「她好像已經決定在這裡過冬了。」我希望父親能明白山中的孤寂帶給我們多大的幸福，可是一想到我們的幸福是建立在父親的孤獨之上，我便難以啟齒，只好硬著頭皮繼續往下聊。「您難得上山一趟，何不多留些時日呢？」

「……你也會一起留到冬天嗎？」

「嗯，那當然。」

「真是麻煩你了……你還有在工作嗎？」

「沒有……」

「你總不能只顧病人，也要顧一下自己的工作啊。」

「嗯，我會慢慢復工……」我支支吾吾地說道。

——「是啊，我已經很久沒工作了，必須儘快復工。」想到這裡，我不禁百感交集。我們佇立在山丘上，沉默地仰望白雲，自西邊飄來的無數鱗片狀雲朵，漸漸占滿了整片天空。

不久後，我們穿過葉子已經完全枯黃的雜木林，從後面回到了醫院。那一天，幾名工人依舊在挖那座山丘，經過他們身旁時，我還輕鬆地介紹：「醫院要在這裡蓋一座花圃呢。」

傍晚，我送父親到停車場，回房時發現病人側躺在床上，咳得上氣不接下氣。她從來沒有咳得這麼嚴重，等咳嗽稍微趨緩後，我問道：

「怎麼咳成這樣？」

「沒事……很快就會停下來。」病人好不容易吐出這幾個字，「可以幫我倒點水嗎？」

我從水瓶倒了一些水到杯子裡，遞到她嘴邊。她喝了一口，稍微穩定了一點，但是過沒多久又開始咳嗽，而且咳得比剛才還激烈。看著她整個人都快跌下床，我無能為力地道：

「我去請護士來好嗎？」

「……」

咳嗽聲停了，但她依然痛苦地蜷著身體，只能雙手摀住臉點頭。

我通知護士，護士立刻拋下我奔向病房，我隨後跟上。回到房裡時，護士正在攙扶病人，幫她挪到比較舒服的姿勢。病人茫然地瞪大眼睛，彷彿一具空殼，不過咳嗽似乎暫時止住了。

護士慢慢鬆開攙扶她的手。

「止住了……妳先乖乖躺好，別亂動。」她說道，開始整理淩亂的毯子，「我去請人來幫妳打針。」

護士離開房間時，對著不知所措愣在門口的我低聲道：「她咳了一點血痰。」

我來到她枕邊。

她依舊茫然地睜著眼睛，卻彷彿睡著了一樣。我撥開她蒼白額頭上捲成小漩渦的淩亂髮絲，輕撫她冷汗淋漓的額頭。她似乎感覺到我的體溫，嘴角泛起了有點不明所以的微笑。

※

接下來的每一日都在靜養中度過。

病房窗戶蓋上了黃色的遮光簾，室內昏暗一片，護士們走路時也輕手輕腳。我幾乎無時無刻不陪在病人床邊，晚上的護理工作也由我一肩扛起。有時病人會盯著我，似乎想對我說什麼，但我總是立刻用手指堵住她的嘴唇，不讓她開口。

這樣的寂靜令我們各自陷入了沉思，但我與病人就彷彿彼此肚裡的蛔蟲，對雙方想法瞭若指掌。我在鑽牛角尖，把節子必須靜養，想成是她為我犧牲的表徵。而病人也同樣在胡思亂想，我可以清楚地感覺到，她在責怪自己太不小心，害兩人好不容易經營起來的幸福瞬間瓦解。

病人不以自己的犧牲為意，還一味怪罪自己太過輕率，這種自責的念頭令我心如刀割。為了讓我們在下一刻也許就會變成靈堂的床前，一起沉浸在生命的喜悅中——享受那對我們而言至高無上的幸福，就讓病人理所當然地犧牲——這樣的我們真的會快樂嗎？我們現在眼中的幸福，難道不是自己幻想出來的嗎？不會跟泡影一樣曇花一現嗎？

因為熬夜照護而疲憊不堪的我，在打盹的病人身旁思緒翻騰，深怕近日我們的幸福就會遭受威脅。

然而危機只持續了一週就解除了。
那日清晨，護士終於將病房的遮光簾拉開，將窗戶打開一部分。耀眼的秋陽從窗戶灑入室內。
「好舒服。」病人在被窩裡說道，宛如重獲新生。
我在她床邊一面翻閱報紙，一面心想，人類一旦成功度過劫難，就會恍如隔世，彷彿一切都與自己無關。我偷瞄這樣的她，忍不住調侃了幾句。
「如果爸爸再來，妳不要再這麼激動了。」
她雙頰染上紅暈，坦然接受了我的揶揄。
「下次父親再來，我就裝作什麼都不知道。」
「但願妳做得到……」
我們互相開玩笑，安撫彼此的情緒，再一起幼稚地把所有責任都推給她父親。
於是，我們繃緊的神經自然而然放鬆，彷彿這周的事只是一個小失誤。我們平安克服了身體上的危機，也克服了精神上的危機，至少我們是這麼以為的……

某天夜裡，我在她身邊讀書，讀著讀著突然把書闔上，走到窗邊，站在那裡沉思了一會兒，接著又回到她身邊，拿起書來翻閱。

「怎麼了？」她抬頭問道。

「沒什麼。」我漫不經心地回答，裝作被書本吸引，但幾秒後還是開了口。

「我在想，我來這裡後就一直沒有工作，差不多也該復工了。」

「嗯，你的確該工作了，父親也很擔心你呢。」她正色回答，「不要光是顧著我……」

「但我覺得照顧妳更重要啊……」我腦海中突然浮現出模糊的小說架構，趕緊把握靈感，自顧自地往下說：「我想將妳的故事寫成小說，畢竟我的腦袋現在也容不下其他東西。我要把我們相愛相守的這份幸福——將人們眼中的終點視為起點、對生命的喜悅——將這沒有人知道、只屬於我們的感動，轉變成更明確、具體的東西。妳明白嗎？」

「我明白。」她立刻回答，儼然已在自己腦海中模擬過一遍，追上了我的思路。

接著，她的唇角勾起一抹微笑。

「這麼愛寫我，你就寫個夠吧。」她的語氣帶著幾分戲謔。

我一聽，當然是恭敬不如從命。

「好，那我就大寫特寫囉……不過這次妳得幫我一把。」

「我能幫上什麼忙嗎？」

「我希望妳在我工作的這段期間，讓自己完全沉浸在幸福裡，否則……」

比起自己一個人胡亂摸索，我發現像這樣兩個人一塊構思，更能激發腦中的靈感。文思泉湧的我不禁在病房裡來回踱步，就像在一波又一波靈感的浪潮下漂流。

「你老是窩在病人身旁，會悶壞的……要不要出去散散步？」

「嗯，我該動工了。」我眼神發亮，精神百倍地回答，「我要多散步。」

※

我走出森林，眼前是一塊大沼澤，越過對面的樹林，便是一望無垠的八岳山麓風景。遠遠看過去，在靠近森林邊緣的地方，有一座小村莊和傾斜的農田，以及好幾座紅色屋頂如翅膀般展開的療養院建築，小雖小，卻一目瞭然。

從早上開始，我便漫無目的地四處探險。我把一切都交給身體來決定，跟隨自己的步伐，闖入一片森林又一片森林。如今，當我不經意瞥見因秋高氣爽而宛如近在眼前的小小療養院時，竟彷彿大夢初醒，驚覺我們在那棟建築物裡，於眾多病人環繞下稀鬆平常度過的每一天，其實一點都不尋常。直到我從療養院抽離出來，才發現這件事。自剛才便在心中噴發的創作欲，促使我將我們奇妙的每一日，化為一則淒美寂寥的愛情故事……「節子，我以前從沒想過兩個人可以如此相愛，畢竟那時我的生命裡還沒有妳，妳也還沒有我……」

我在我們一同經歷的各種回憶中神遊，有時走馬看花，有時卻逗留許久、躊躇不前。節子明明遠在療養院，我卻不斷與她對話，聽她回答。我們的故事彷彿有了生命，而且生生不息。不知不覺間，故事擺脫了我的箝制，開始憑自己的力量生長、發展，將躊躇不前的我扔在原地，甚至連結局都自己寫好了，讓重病的女主角淒美地離世——女主角知道自己大限將至，用盡殘餘的力氣，努力活得快樂，活得有尊嚴——她在另一半的懷抱中，心疼對方必須經歷喪妻之痛，然後幸福地嚥下最後一口氣——這樣的她宛如被刻劃在空中，清晰地浮現……「男人渴望過神仙眷侶的生活，說服重病的女孩住進山上的療養院。然而當死亡威脅來臨，男人卻心生動搖，開始懷疑兩人期盼的幸福即便真的到來，也未必能令他們快樂。然而，女孩卻對男人感激涕零，感謝他在她飽受病魔摧殘之時，無怨無悔照顧她到臨終，最後心滿意足地離世。男人因這位心地純潔的亡者而獲得救贖，這才願意相信兩人之間恬淡的幸福……」

故事結局依稀就在前方等我，可是忽然之間，女孩彌留的畫面卻猛然撞擊了我的心。我彷彿從夢中驚醒，一股難以言喻的恐懼和羞愧向我襲來。為了把這幻覺從我腦海中驅散，我連忙從坐著的山毛櫸裸根上站起來。

太陽已經高高升起。山巒、森林、村莊和農田，在秋日和煦的陽光下平靜地浮現。遠處那小小療養院裡的生活，想必也恢復了平日的樣貌。突然之間，我腦海中浮現了節子寂寞的身影，她在那些陌生的人群之間，格格不入地、孤伶伶地在等我。我忽然擔心得不得了，慌忙趕下山。

我穿過後面的樹林返回療養院，從陽台繞到最底部的病房。節子完全沒有注意到我，她躺在床上，跟平常一樣撥弄著髮梢，眼神哀戚地盯著天空。我本來想敲玻璃窗，卻突然停下來，深深地望著她。她似乎在跟恐懼對抗，但可能連她自己都沒有發覺，因為她的表情一片茫然……我盯著她那陌生的模樣，心狠狠痛了一下……忽然間，她的臉亮了起來。她抬起頭，露出微笑。她發現了我。

我從陽台走進病房，來到她身旁。

「在想什麼？」

「沒有……」她回答，口氣不太像她。

見我不發一語，神色有些落寞，她才恢復成平常的她，親密地問我：

「你跑去哪裡了？去這麼久。」

「對面。」我隨手指向陽台正前方遙遠的森林。

「哇，跑這麼遠啊？……有激發出什麼靈感嗎？」

「嗯，算有吧……」我敷衍地回答，再度陷入沉默。隨後又出其不意地問道：

「妳喜歡現在的生活嗎？」

我的語氣有些激動。

這個突如其來的問題似乎嚇到她了，但她卻凝視著我，非常肯定地點了頭。

「為什麼這麼問？」

她反問，語氣流露出不解。

「我在想，我們現在的生活是否只是源自我一時的異想天開？雖然這對我而言很重要，可是對妳……」

「你在說什麼傻話。」她立刻打斷我，「你現在這番話，才是你一時的異想天開。」

但我還是一副沒被說服的模樣。她無所適從地望著沮喪的我好一會兒，最後按捺不住開了口。

「你真的不知道我很喜歡現在的生活嗎？就算身體再不舒服，我也從來沒有想過要回家。如果不是你陪在我身邊，我根本不敢想像我會變成什麼樣子……剛剛你不在的時候，我一直告訴自己，你愈晚回來，我見到你的時候就會愈開心，所以拚命在忍耐——可是當你遠遠超過我預期的時間都還沒回來，我突然覺得很害怕，連與你朝夕相處的這個房間，對我來說都變得好陌生，恨不得奪門而出……後來，我想起你曾經對我說過的話，才慢慢平靜下來。你對我說過——很多年以後，當我們回顧現在的生活，一定會覺得很幸福……」

她的嗓音愈來愈沙啞，說完後，嘴角揚起了不知算不算是微笑的弧度，目不轉睛地望著我。

她的話令我心潮澎湃，但我卻默默走到了陽台，彷彿怕被她看到自己感動的樣子。我站在陽台，靜靜眺望周遭的景色。這片美景籠罩在上午的秋陽下，多了幾分清冷與深邃，與我在初夏傍晚看到的、此生最幸福美滿的風景，既相似卻又截然不同。一種跟當時的幸福非常相近，卻教人揪心不已的陌生感動，充塞著我的心……

冬

一九三五年十月二十日

下午，我跟往常一樣將病人留在病房，自己離開療養院，穿過農民正忙著採收的田地，越過雜木林，沿著下坡走到人煙稀少的山谷小村莊，通過架在小溪上的吊橋，然後爬到村莊對面栗樹林立的山丘，在山坡上坐下。我在那裡待了好幾個鐘頭，帶著開朗、平靜的心，沉浸於即將著手創作的故事構想中。有時腳下會突然傳來巨響，嚇我一跳，那是孩子們搖動栗樹，栗子同時落地所產生的山谷回音……

放眼望去，周遭的一切都在提醒我生命之果已經成熟，催促我趕緊去採收。這種感覺令我心曠神怡。

夕陽逐漸西斜，山谷村莊被對面雜木林的山影完全吞沒，我緩緩起身走下山坡，再度通過吊橋，於水車聲不絕於耳的小村莊悠哉地溜達了一圈，最後沿著八岳山麓一帶的落葉松樹林邊緣返回療養院，一邊想著病人應該已經焦急地在等我回去了，一邊加快腳步。

十月二十三日

天還濛濛亮，我就被一陣離我非常近的奇怪聲響吵醒。我豎耳聽了一會兒，但整座療養院一片死寂，之後我便完全清醒，再也睡不著。

我透過粘著一隻小飛蛾的玻璃窗，迷濛地望著黎明時分仍在閃爍幽光的星辰，突然覺得這樣的破曉令人感到難以言喻的孤獨。於是我悄悄起身，光著腳丫漫無目的走進了隔壁仍一片昏暗的病房，接著靠近床邊，彎腰凝視節子的睡臉。她突然大大地睜開雙眼，抬頭望著我。

「怎麼了？」她驚訝地問。

我用眼神示意她沒事，慢慢彎下腰，情不自禁地把我的臉龐貼在她的臉蛋上。

「嗚，你的臉好冰。」她閉上眼睛，頭微微晃了一下，髮絲散發出淡淡的香味。我們就這麼感受彼此的呼吸，臉蛋一直貼在一塊。

「啊，又有栗子掉下來了……」她瞇起眼睛看我，輕聲道。

「哦，原來是栗子啊……那聲音剛剛把我吵醒了。」

我回道，稍微拉高了音調，接著慢慢起身，走到不知不覺間逐漸變亮的窗前。我倚在窗邊，任憑剛才分不清是誰泛出的熱淚滑過我的臉頰，遙望對面山脊上靜止飄動的雲朵逐漸染上緋紅。農田那裡終於也傳出了動靜……

「一直待在窗邊會著涼的。」她從被窩裡小聲說道。

我本想一派輕鬆地回答，可是當我轉過身，看到她大大地睜著雙眸，一臉擔憂地望著我，我便一句話也說不出口。我只好默不作聲地離開窗前，回去自己的房間。幾分鐘後，病人發出了劇烈的咳嗽聲，那是她在黎明時常發作的症狀。我鑽回被窩裡，憂心忡忡地聽著那聲音，感到五味雜陳。

十月二十七日

今天下午，我一樣在山林中度過。

有個主題整日盤旋在我腦海——真愛婚約。究竟兩個人在短暫的一生中，能帶給對方多少幸福呢？我眼前清晰浮現出我們的身影——一對年輕男女站在一起，在不可抗的命運面前默默低頭，溫暖彼此的身心，悲涼中帶著幾分淒美。除此之外，我不知道現在的我還能構想出什麼……

一望無垠的山麓已經被松葉染成了金黃色。傍晚，我跟往常一樣匆忙下山，通過落葉松樹林的邊緣時，遠遠看到一名高䠷的年輕女子孤身站在療養院後的雜木林旁，頭髮在夕陽斜照下閃閃發光。我不禁停下腳步，那似乎是節子，但我不敢肯定，畢竟她不該一個人站在那種地方。於是我稍微加快了腳步，等到距離愈來愈近，我定睛一看，那的確是節子。

「妳怎麼跑出來了？」我奔到她身旁，氣喘吁吁地問。

「來這裡等你啊。」她笑著回答，雙頰染上紅暈。

「妳也太亂來了。」我沒好氣地瞄了她一眼。

「人家今天精神好嘛……偶一為之而已，不用擔心。」她故作開心地說著，遙望我回程時走過的山麓。「我遠遠就看到你了哦。」

我默不作聲地站到她旁邊，眺望同一個方向。

她又高興地開口：「走到這裡，可以清楚看到八岳山呢。」
「嗯。」我淡淡地回應，繼續與她並肩遙望山巒，思緒卻莫名其妙錯亂起來。
「今天是我們第一次一起眺望那座山吧？可是我總覺得，我們已經一起這樣看過好幾次了。」
「不可能吧？」
「等等，我知道了……我居然現在才發現……我們很久以前曾經一起從另一面眺望過那座山，不過那時候是夏天，山巒都被雲層擋住了，什麼也看不見……入秋以後，我一個人跑去那裡，就從遠方地平線上看到了那座山，只不過和現在是反方向。當時我根本不曉得那是哪座山，現在從方位推斷，一定就是八岳山……妳還記得那片茂盛的菅芒花草原嗎？」
「記得。」
「不過說也奇怪，我和妳在這山麓下生活了這麼久，居然都沒有注意到……」兩年前秋天的最後一日，我從一望無際的菅芒花草原中，第一次遠遠看到了清楚浮現於地平線上的山脈。我一面眺望山脈，一面沉浸在悲傷的幸福中，遙想總有一天我們會廝守在一起。當時我夢想中我與節子成雙成對的模樣，如今歷歷在目，令我感到十分懷念。

我們陷入了沉默，兩人並肩站在一起，以一種回到當初的心境，遙望著連綿的山脈與無聲掠過山巔的候鳥群，任憑我們的影子在草原上愈拉愈長。

不久後起了一點風，我們背後的雜木林瞬間沙沙作響。「差不多該回去了。」我突然回神似地提醒她。

我們走進了落葉不絕的雜木林中，我總是三不五時停下來，讓她走在前面。兩年前的夏天，我與她一同在森林散步的各種小回憶湧現心頭，多得教我心痛。當時我也是故意讓她領先我幾步，以便我能一直看著她的身影。

十一月二日

夜裡，一盞燈拉近了我與節子。燈光下的我們習慣沉默不語，我埋頭書寫描述我倆幸福生活的故事，節子則靜靜躺在燈罩陰影下的昏暗床榻，靜到有時我都不確定她是否還在那兒。我偶爾抬頭，會發現她望著我，彷彿她從剛才就一直在看我，她含情脈脈的眼神就像在訴說「只要像這樣待在你身邊，我就心滿意足了」。啊，這令我更加肯定我們現在過得非常幸福，讓我得以奮筆疾書，將這分幸福化為實體！

十一月十日

冬天來臨了，天空遼闊無比，山巒彷彿近在眼前。偶爾會有幾叢如雪雲的雲團一動也不動地靜靜籠罩著山頭。在這樣的清晨，陽台會難得一見飛來許多小鳥，彷彿都是從山上被雪趕下來似的。雪雲消散後，山巒頂端成日都會朦朦朧朧雪白一片。最近已經有好幾座山頭，都因為殘雪而顯得格外耀眼。

我想起了幾年前，我時常夢想在這種寂寥的冬日深山，和一個可愛的女孩遠離塵囂，過著雙宿雙飛、刻骨銘心的生活。我渴望在這種世人避之唯恐不及的嚴峻大自然中，實現我從小到大對於山盟海誓的嚮往。唯有如此寒冬、如此靜謐的深山，才能百分之百實現這個美夢……

——天將破曉時，女孩因身體微恙而仍在睡夢中，我悄悄起身，從小木屋興奮地奔向雪地。周圍的山巒沐浴在黎明光輝下，泛起了玫瑰色。我向隔壁農舍要了一些現擠的山羊奶，拖著快要凍僵的身體回到屋裡。接著，我點燃爐火，燃燒的木柴發出劈劈啪啪的聲響，女孩於柴火聲中逐漸甦醒時，我已經在用凍僵的手，幸福地逐字記錄我們的山居歲月了……

今天早上，我想了自己多年前的這個美夢。那不存於現實的、如版畫的冬日風景從眼底浮現，夢中的我甚至喃喃自語地調整著圓木小屋裡各種家具的擺設。然而，這片背景終究分崩離析，模模糊糊地消失不見了，眼前只剩積雪寥寥的群山、光禿禿的樹木與冰冷的空氣，彷彿只有這些從夢中穿越到現實……

我一個人先吃完飯，把椅子移到窗邊，陷入了回憶中。突然之間，我的目光落到了節子身上，她終於用完餐，正坐在床榻，以朦朧疲憊的眼神眺望著山巒。她頭髮微亂、面容憔悴的模樣，令我看了格外心疼。

「是我的這個夢，把妳拖來這種深山僻壤的嗎？」我心中充斥著模模糊糊的懊悔，對病人無聲傾訴。

「但我最近卻老是沉溺在自己的工作裡，即使像這樣待在妳身旁，心思也根本沒放在妳身上。我一直在向妳、也向我自己狡辯，辯稱我工作時只會更愛妳，然後我就能跟平常一樣開開心心的，把時間都浪費在我那無聊的美夢中，而不是照顧妳……」

病人似乎察覺了我流露千言萬語的眼神，從床上深深地回望我，臉上沒有笑意。最近我們不知不覺養成了這樣對望的習慣，時間比以往更長，眼神的交會也更糾纏。

十一月十七日

我預計再過幾天就要完成草稿，否則一直寫我們的生活，恐怕永遠也寫不完。為了完成這個故事，我必須安排一個結局，但我根本不想為我們目前的生活定下任何結局。不，也許故事不需要收尾，相反的，就停在我們現在的樣子，把真實的一面呈現出來就好。

可是，什麼是現在真實的一面呢？……我想起了於某篇故事中讀過的一句話「回憶幸福只會阻礙幸福」。我們現在帶給彼此的幸福，似乎跟以前帶給彼此的幸福不一樣，這種幸福跟過去的幸福看似相同，實則大相逕庭，教人黯然神傷。這真實的一面至今尚未在我們生活中浮上檯面，我若執意追尋，真的就能找出適合我們幸福故事的結局嗎？不知為什麼，我總覺得在我們生活中我所不清楚的其他面向，藏有對我們幸福虎視眈眈的敵意……

這個念頭令我心神不寧，我熄掉了燈，打算通過已經入睡的病人身旁，卻猛然停下腳步，端詳起她在黑暗中隱隱浮現的蒼白睡臉。她微微凹陷的眼窩偶爾會輕微抽動，在我看來就像遭遇了某種威脅。還是說，是我那難以言喻的不安，令我產生了這種錯覺呢？

十一月二十日

我把目前為止擬好的草稿仔細讀過一遍，覺得自己想表達的東西都寫得很清楚了。然而，讀著讀著，卻發現內心真正的我其實很忐忑不安，根本無法沉浸於故事主軸——我們的「幸福」裡，害得我的思緒只能從故事中抽離。故事裡的我們一直深信只要相濡以沫，珍惜一點一滴的快樂，就能讓彼此獲得屬於我們的幸福。我也是深信這點，才得以穩固自己的心——然而，我們是不是太高估自己的能耐了？是否低估了我們對於活下去的渴望？以至於現在，穩固我內心的繩索才會搖搖欲墜？……

「可憐的節子……」我任由草稿散落一桌，繼續陷入沉思。「節子一定默默看穿了我在故作堅強，她知道我假意看淡生死，只是不願戳破我。她這樣何嘗不令我心痛……為什麼我在她面前藏不住這一面呢？為什麼我會如此脆弱……」

病人躺在燈光陰影下的被窩裡，從剛才就半闔著眼，看到她，我頓時覺得喘不過氣。我離開燈光，緩緩步向陽台。這是一個月色朦朧的夜晚，雲層掩映的山巒、丘陵與森林的輪廓隱約可見，其他地方則深陷在暗藍色的夜幕中。但我看到的並不是這些景色，而是那令我倆深深共鳴、感動不已的初夏夕陽——我們一起眺望時，都覺得那份幸福會直到永遠，那刻骨銘心回憶中的山巒、丘陵與森林，逐一於我心中浮現。我像這樣一遍又一遍地回憶那一幕，彷彿連我們都化為了那剎那美景中的一部分，然後在不知不覺中，風景也變成了我們的一部分，只不過景色會隨著季節而改變，令我們一時認不出來罷了……

「既然我們有過那麼幸福的瞬間，就代表相濡以沫是值得的吧？」我自問自答。

背後忽然傳來小小的腳步聲，那一定是節子。但我沒有回頭，只是靜靜地站著。她一句話也沒說，佇立在離我有段距離的地方，但我卻覺得她離我很近，近到我都能感受到她的呼吸。寒風偶爾從陽台無聲地吹過，遠方不知哪裡的枯木嘎吱作響。

「你在想什麼？」她忍不住開口。

我沒有立刻回答，而是突然轉身面對她，臉上浮現一抹不肯定的微笑。

「妳應該知道，不是嗎？」我反問。

她狐疑地盯著我，似乎擔心有什麼陷阱。見她這樣，我緩緩說道：

「當然是在想工作啊。我構思不出好的結局，因為我不想把我們寫得像是白活一場。妳能陪我一起想結局嗎？」

她看著我微笑，笑容裡卻帶著一絲不安。

「可是，我又不知道你都寫了些什麼。」她終於小聲地說。

「也對。」我說道，臉上再次浮現那抹不肯定的微笑。「那我這幾天念　些內容給妳聽，只不過目前我連開頭都還沒有整理好，還不到可以朗讀的程度。」

我們回到了房間。我再次坐進燈光下，將散落一桌的草稿重新拿在手上。她站到我背後，手輕輕搭著我的肩膀，企圖從我肩後偷看草稿。

「妳該睡覺了。」我猛然轉身，沙啞地說。

「好。」她乖乖答應，有些猶豫地把手從我肩膀上鬆開，回到被窩去了。

「我好像睡不著。」兩、三分鐘後，她在床上嘟噥道。

「那我把燈滅掉吧？……今天不看稿了。」我說著，熄掉了燈光，走到她枕邊。

我坐在床緣，握住她的手，彼此在黑暗中保持沉默。

風似乎比剛才更強了，周遭森林不斷傳來呼嘯聲。狂風不時掃過療養院的建築，令窗戶匡噹作響，連排在最後我們房間的窗戶也響了好幾聲。她看起來很害怕，始終沒有鬆開我的手，一面緊緊閉著雙眼，宛如在催眠自己入睡。漸漸的，她的手鬆開了，看樣子是睡著了。

「好，該輪到我了……」我喃喃自語，走進自己漆黑的房間，督促跟她一樣睡不著的自己快快就寢。

十一月二十六日

最近的我常常在黎明前醒來。醒來後就會悄悄起身，端詳病人的睡臉。即使床緣和瓶瓶罐罐都在晨曦下泛黃，她的臉色卻始終蒼白。「可憐的節子。」有時我會不自覺地講出這句話，彷彿這已成了我的口頭禪。

今天早上我同樣在黎明前醒來，凝視病人的睡臉良久，然後躡手躡腳地離開房間，走進了療養院後方枯得光禿禿的樹林裡。每棵樹上都還掛著兩、三片枯萎的葉子，繼續抵抗寒風。走出這片荒涼的樹林時，太陽才剛從八岳山頭升起，將低低垂掛在由南而西山脈頂端、一動也不動的雲團逐漸染紅。但曙光尚未普照大地，夾在山脈之間的冬日枯林、田野和荒地，宛如遭到了全世界遺棄。

我在枯木林旁時不時停下腳步，又因為太冷忍不住跺腳來回走動。我的腦筋始終轉個不停，卻連自己都想不起來剛才想了什麼。無意之間抬頭一看，才發現天空已被紅暈褪去的烏雲完全遮蔽。見到天色變暗，我頓時感到非常掃興，彷彿心裡一直在期待美麗的曙光普照大地，隨後便匆匆忙忙返回療養院。

節子已經醒來了，但她看到我回來，只是憂鬱地瞥了我一眼，臉色比她剛才睡著時還要蒼白。我走到她的枕邊，撥開瀏海，正打算吻她的額頭，她卻虛弱地搖了搖頭。我一個字也沒問，只是傷心地看著她。她眼神朦朧地遙望著天空，似乎不願看到我，正確來說是不願看到我難過。

夜裡

我是唯一不知情的人。上午的診察結束後，我被護士長叫到走廊，那時我才得知，節子今天早上在我出門時咳了一些血，但她一直瞞著我。儘管咳血並沒有生命危險，但謹慎起見，院長還是說要派一名看護暫時貼身照顧她——而我只能同意。

隔壁病房正好空了下來，我便決定這段期間搬過去住。現在我正獨自待在這個房間寫日記，這裡與我們住的房間如出一轍，卻令我感到非常陌生。我從好幾個鐘頭前就坐在這裡，但房內還是冷冷清清的，好像根本沒有人在，連燈光都陰森森的。

十一月二十八日

我對病人說要暫時分開住，以便完成稿件，卻把幾乎整理好的稿子扔在桌上，一點也不打算碰它。

畢竟故事裡的我們那麼幸福，我現在卻一個人在這裡胡思亂想，怎麼可能完成它？

每天我只要隔兩、三個小時就會跑去隔壁病房，在病人床邊坐一會兒。由於病人不宜開口聊天，所以我也不太說話。即使是看護不在的時候，我們也只是默默地牽著手，連眼神都儘量不交會。

不過偶爾還是會有四目相接的時候，這時她會對我露出我們剛交往時的靦腆微笑，但很快又會別開目光，遙望天空，然後平靜地睡著，像是對現在的處境沒有一絲埋怨。她曾經問過我工作進展得如何，我搖了搖頭，她憐惜地看著我，此後再也沒有問我這樣的問題。我們假裝一切安好，讓生活過得風平浪靜，日復一日。

連我要替她寫信給父親，她都婉拒。

夜深以後，我常常坐在桌子前發呆，迷茫地盯著落在陽台上的燈影，看影子隨著燈光從窗邊移走而逐漸模糊，最後被黑暗吞噬，我覺得那就是我內心的寫照。或許病人也正惦記著我，無法入睡……

十二月一日

最近冒名其妙冒出了一堆飛蛾，老是朝我的燈撲來。

夜裡，不知哪來的這群飛蛾會用力撞在緊閉的玻璃窗上，即使撞得遍體鱗傷，依舊拚命想在玻璃窗上鑽出一個洞來，彷彿那樣才能活下去。我嫌牠們太吵，索性熄燈躲進被窩，牠們卻依然瘋狂地拍打窗戶，過陣子才慢慢平息，停在某個地方一動也不動。隔日清晨，我總是能在那扇窗戶底下，找到宛如一片枯葉的飛蛾屍體。

今晚也有一隻飛蛾撲來，而且還鑽進了房間。牠從剛才就圍在我面前的燈光下不停轉圈，然後啪地一聲摔在我的稿紙上一動也不動。一會兒後，牠好像終於想起來自己還活著，突然飛了起來，我想牠大概也搞不清楚自己在幹嘛。可是最後，牠還是啪地一聲摔在我的稿紙上。

我並沒有因為感到噁心就驅趕牠，反而漠不關心地讓牠死在我的稿紙上。

十二月五日

傍晚，看護去吃飯了，房裡只剩我們兩個人。冬日的太陽逐漸落入西山背面，夕陽斜照，讓愈來愈陰冷的房間一下子明亮起來。我坐在病人床邊，將腳擱在火爐旁，彎腰看著手上的書。就在這時候，病人突然開口：

「啊，父親。」她輕聲喊道。

我不假思索地抬頭看她，發現她的雙眸閃閃發亮——但我假裝沒聽清楚她的輕聲呼喊，若無其事地問她：

「妳剛才說什麼？」

她沒有立刻回答，但眼睛變得更雪亮了。

「那座小山丘的左邊，不是有個地方照到了一點夕陽嗎？」她從被窩裡伸出手來，指了一下那個方向，接著又將手指抵在自己的唇邊，像在催促自己把難以啟齒的話說出來，「每天到了這時候，那裡就會出現一道很像父親側臉的影子……你看，影子冒出來了，有看到嗎？」

我順著她的手指望過去，很快就找到了她所說的山丘，但映入眼簾的只有被斜陽清楚勾勒出來的山稜。

「快要消失了……啊，剩下額頭……」

聽她這麼一說，我才認出那道像是父親額頭的山稜，腦海中頓時浮現父親結實的額頭。「原來她這麼思念父親，甚至把山影看成了父親的剪影……她整個人都沉浸在對父親的思念裡，用盡全力在呼喚父親……」

然而一瞬之後，黑暗便籠罩了整座山丘，所有影子都消失了。

「妳是不是想回家了？」我脫口而出，這是我心裡最先浮現的疑問。說才說出口，我便忐忑不安地看著節子的雙眼。她回望了我，眼神幾乎是冰冷的，又忽然把目光挪開。

「嗯，突然想回家。」她用小得幾乎聽不到的聲音，沙啞地回答。

我咬住嘴唇，默默離開床邊，朝窗邊走去。

背後傳來她有些顫抖的聲音：「對不起……那只是一瞬間的念頭……很快就會過去的……」

我站在窗前，雙手抱胸，沉默不語。山麓已經陷入一片黑暗，但山頂仍然泛著幽光。突然間，一陣令人窒息的恐懼襲來，我猛然轉向病人，發現她以雙手捂住了臉。我突然害怕我們會一無所有，驚慌失措地奔向床頭，強行拉開她遮住臉的手。她沒有反抗。

高高的額頭、平靜的目光、緊閉的雙唇——她還是她，甚至比平日更純潔優雅……

反倒是我莫名其妙陷入恐懼中，一點也不成熟。我突然渾身癱軟，咚地一聲跪倒在地。我把頭埋入床緣，任由臉龐一直陷在床裡，感受著病人輕輕撫摸我的頭髮……

房裡也跟著暗了下來。

死亡陰影之谷

一九三六年十二月一日Ｋ村

這個闊別幾乎三年半的村莊，已經完全被積雪覆蓋。聽說雪從一周前就開始下，直到今天早上才逐漸停歇。我請了村裡的一位小姑娘替我張羅飲食，他與她弟弟把我的行李裝在小男孩常玩的小雪橇上，載往山中小木屋，那裡就是我今年過冬的落腳處。我緊跟在小雪橇後面，途中好幾次險些滑倒，因為山陰處的積雪都凍成了硬梆梆的冰塊……

我租的小木屋位於村莊稍微往北的一座小山谷，附近到處都是外國人以前建造的別墅，我的小木屋位於這些別墅的最邊緣。據說來此避暑的外國人都稱這座山谷為「幸福之谷」，但如此人煙罕至的地方，如此冷清的山谷，究竟哪裡幸福呢？我一面納悶，一面走過一幢幢被大雪覆蓋、宛如廢墟的別墅，在小姑娘姊弟身後慢吞吞地爬坡。突然之間，一個與「幸福之谷」南轅北轍的名字差點脫口而出，我有些猶豫，將它嚥回口中，但最後還是改變心意說了出來——「死亡陰影之谷」……是啊，這名字顯然更適合這裡，至少對我這個預計在冰天雪地的冷清山谷中，度過寂寞鰥居生活的人而言再適合不過——想著想著，終於抵達了我所租的小木屋。小木屋位於整排別墅的最後方，有一座聊勝於無的小陽台，屋頂是用木皮修葺的，周圍雪地上留有許多不知是什麼動物的腳印。姊弟倆先一步進入了原本緊鎖的小木屋，在他們打開窗戶時，年幼的小弟逐一告訴了我那些奇怪腳印是什麼動物留下的——原來這個是兔子，那個是松鼠，還有這個是山雞。

接著，我站在半埋於雪中的陽台上眺望四周。從這裡俯瞰，會發現我們方才爬上來的山陰坡道，也融入了這座幽靜的小山谷裡。啊，剛剛小弟一個人坐雪橇先下山了，身影在光禿禿的樹林之間若隱若現，我一面目送他瘦小的人影消失在底下的枯木林中，一面將周圍環顧了一遍。此時屋內似乎也整理好了，於是我走進屋內，發現連牆壁都只貼了杉木皮，天花板也空蕩蕩的，比我想像中的簡陋，但感覺還不錯。我迅速爬上二樓，這裡有床鋪、椅子和各種家具，全部都是兩人份，彷彿是為了妳我所準備的——讓我想起了從前的我總是夢想著能在這樣的山間小木屋裡，與妳兩人靜靜地廝守……！

傍晚時分，晚餐都打點好後，我便請村裡的小姑娘回去了。然後我一個人把大桌子拉到火爐邊，準備寫東西和用餐。這時，我忽然注意到掛在頭頂的月曆仍然停留在九月，於是我撕掉過期的月曆，在今天的日期上做記號，然後翻開已經一年沒動過的筆記本。

十二月二日

北方山區似乎颳起了暴風雪。昨天還清晰可見的淺間山，今日已經完全被雪雲籠罩，看樣子不僅深山遭到侵襲，連山麓的村莊也不得倖免。儘管不時有耀眼的陽光照下來，但雪花仍然不斷飛舞。當雪雲偶爾飄到山谷上，即便南方連綿的山脈仍然風和日麗，整座山谷仍會陷入陰影，頓時狂風暴雪大作，可是一會兒後又開始出太陽……

我走到窗前觀察谷中瞬息萬變的景象，看了一下又回到火爐邊，不斷反覆來回。或許是因為如此，整日我都有點心神不寧。

中午，村裡的小姑娘背著包袱、穿著分趾鞋橫越雪地，來到了小木屋。這位從手到臉都被凍得紅通通的小姑娘看起來十分乖巧，而且不愛說話，這點正合我意。我和昨天一樣，請她打理好餐點就立刻請她回去了。之後我便一直在火爐旁發呆，茫然地盯著柴火在對流下劈里啪啦地燃燒，彷彿一天就此結束。

夜幕降臨，我獨自吃完冷掉的飯菜，心情平復了不少。雪已經停止，看樣子沒有釀成災害，反倒是颳起了風。每當柴火稍微減弱，劈啪聲安靜下來，山谷外颳過枯木林的寒風，就會忽然像在耳邊呼號。

一個鐘頭後，我被桀驁不馴的柴火搞得有些不耐煩，乾脆跑到小木屋外透氣。我在黑漆漆的戶外繞了一陣子，繞到臉都快被凍僵了，正打算返回小木屋時，才透過屋內流洩出來的燈光，看到細雪仍在不停飛舞。我走進小木屋，再度窩到火爐旁，以便烘乾微濕的身體，烘著烘著便發起呆來，連自己在烘衣服都忘了，只顧著沉浸在內心的回憶裡。去年的這個時候，我們所住的山區療養院附近也跟今晚一樣下著雪。我打了電報給妳父親，三不五時守在療養院門口，焦急地等父親到來。父親終於在接近午夜時分趕到，但妳只是瞥了一眼風塵僕僕的父親，嘴角勾起一抹勉強的微笑。父親一句話也沒說，默默地凝視妳憔悴不堪的臉龐，不時向我投來惶恐的目光。但我假裝沒注意到父親，只是顧著看妳。突然之間，我發覺妳在喃喃細語，於是我靠近妳，聽到妳用小得幾乎聽不見的聲音對我說：「你的頭髮上有雪⋯⋯」——現在的我獨自窩在火爐旁，在突然湧現的回憶引導下，無意識地摸了摸頭髮，才發現髮絲冰冰的，已經濕了一半。在我伸手之前，我完全沒注意到頭髮被沾濕了⋯⋯

十二月五日

這幾日天氣晴朗，萬里無雲，陽光一早便照亮陽台，不僅無風，還十分溫暖。今天早上我甚至將小桌子和椅子搬到陽台上，對著一片白雪皚皚的山谷吃早餐。一個人享受這種時光實在有點奢侈，我如此心想，一面用餐，不經意地瞥向眼前枯黃的灌木叢底部，發現不知何時冒出了山雞，而且還有兩隻，牠們正一邊尋找食物，一邊於雪地中沙沙沙地來回踱步……

「嘿，快來看，有山雞！」

我想像著妳也在小木屋裡，一面低聲自言自語，一面屏氣凝神盯住山雞，深怕妳不小心發出的腳步聲會把牠們嚇跑……

就在這時，不知哪間小木屋的屋頂積雪突然坍塌，巨大的轟隆聲響徹山谷。我嚇了一跳，目瞪口呆地看著兩隻山雞飛走，彷彿牠們是活生生從我腳邊逃跑似的。幾乎同一時刻，我感覺到妳就站在我身旁，露出妳每次嚇到時的反應——什麼話也不說，只是瞪大眼睛望著我。那種感覺真實到令我窒息。

下午，我首度從小木屋下山，繞著積雪重重的村莊走了一圈。過去的我只見過這個村莊夏秋之際的模樣，雖然覺得如今被白雪覆蓋的森林、道路與門窗緊閉的小木屋各個似曾相識，卻想不起來它們從前的樣子。我以前很喜歡在水車小徑散步，那條路不知何時建了一座小型天主教堂，美麗的木頭教堂有著尖尖的屋頂，上面蓋著積雪，但底下的牆板居然已經發黑，令我對這一帶感到更加陌生。接著，我走進常帶妳去散步的那座森林，一路穿越深深的積雪，終於認出一棵我有印象的冷杉。當我走近一瞧，樹上立刻傳來「嗄」的一聲尖銳鳥鳴。我在樹前停下，一隻我從來沒見過、羽色泛藍的鳥像是受到驚嚇而振翅飛起，旋即又停到其他樹上，再度「嗄、嗄」地發出尖銳的叫聲，有如在挑釁我。無奈之下，我只好離開了那棵冷杉。

十二月七日

在集會堂旁的冬日枯林中，我好像突然聽到了兩聲杜鵑的啼叫。那叫聲聽起來遠在天際，又近在耳畔，可是我檢查了枯草叢、枯木上，甚至是天空，都沒有再聽到那叫聲。

我想自己果然是聽錯了，更正確地說，是我想起了周遭枯草叢、枯木和天空在夏日時的風景，那每一道令人懷念的景象都於我腦海中鮮明浮現……

然而，三年前的夏天，我在這村莊擁有的一切都已消逝，沒有任何一樣留在我身旁，這點我瞭然於心。

十二月十日

這幾天不知道怎麼了，妳不再栩栩如生地出現在我腦海，那種不時襲來的孤獨令我幾乎無法承受。只有在早上，火爐裡的木柴堆一直燒不起來，我失去耐性，粗魯地翻動柴火時，才突然感覺到妳在我身邊擔憂地望著我——接著我才慢慢冷靜下來，把木柴重新堆好。

下午，我想去村莊散步，可是當我走下山谷，才發現積雪已經融化，路面泥濘不堪，鞋子很快就沾滿泥巴、寸步難行，我只好半途折返。回到依舊冰天雪地的山谷後，我不禁鬆了一口氣，可是隨即又得面對回小木屋前，那條讓人爬得上氣不接下氣的陡坡。為了幫心灰意冷的自己加油打氣，我念了隱約記得的、聖經詩篇中的某句話給自己聽：「即使我走在死亡陰影中，也不懼怕災禍，只因汝與我同行……」但最後，這句話也只是令我徒增寂寞罷了。

十二月十二日

傍晚，我經過沿著水車小徑而蓋的小教堂時，發現有一位看似雜工的男子，正在雪泥上專心地撒煤渣。我走到他身邊，隨口問起這座教堂是否冬天也會一直開放。

「今年可能再過兩、三天就要關了——」雜工停下撒煤渣的手，回答道，「去年冬天一直都有開放，但今年神父要去松本……」

「天寒地凍的，村裡還有信徒嗎？」我沒禮貌地問。

「少之又少……所以神父幾乎每天都一個人做彌撒。」

我們站著聊天時，那位據說是德國人的神父正好從外面回來。這下換我被還不太會說日語，卻和藹可親的神父給逮住，問了我一些問題。最後，他好像誤會了我的意思，一直勸我務必參加明天的週日彌撒。

十二月十三日　星期日

早上大約九點，我無欲無求地去了那座教堂。祭壇上點著小小的蠟燭，神父和他的助手正在祭壇前舉行彌撒。不是信徒的我有些不知所措，只好躡手躡腳地坐到最後面用槁木製成的椅子上。當我的眼睛逐漸適應了教堂內的昏暗後，我發現原本以為空無一人的信徒席最前排，有一位全身黑衣的中年婦女跪在柱子陰影下。當我意識到她從剛才就一直跪到現在，頓時覺得教堂裡陰森森的，令人寒毛直豎……

後來彌撒又持續了一個鐘頭，快結束時，我看到那名婦女突然拿出一塊布摀住臉，但我不明白她為何這麼做。隨後，彌撒好像終於結束了，但神父並未轉身面對信徒席，而是逕自走進一旁的小房間。那名婦女仍然一動也不動，我便趁機悄悄溜出了教堂。

那日是陰天，我漫無目的地在積雪融化後的村莊中徘徊，心裡感到很空虛。我跑到了以前常陪妳畫畫地方，那片草原正中央直挺挺的白樺樹，樹根上還有殘雪。我站在一旁，懷念地撫摸樹幹，指尖差點被凍僵。然而，我卻幾乎想不起來妳當年作畫的身影……最後我離開了那裡，帶著難以言喻的孤寂穿過枯木林，一鼓作氣爬上山坡，回到了小木屋。

就在我氣喘吁吁地一屁股跌坐在陽台地板上時，突然感覺到妳靠在心亂如麻的我身旁，但我卻假裝沒發現，只顧著托腮發呆。儘管如此，妳依偎著我的感覺卻比以往都還要真實，我甚至覺得妳的手就搭在我肩膀上……

「飯菜已經準備好了──」

小木屋裡傳來小姑娘喚我用餐的聲音，她似乎一直在等我進屋。我猛然回到現實，心裡埋怨著怎麼不讓我和妳多溫存一會兒，然後沉著臉走進了小木屋，這一點也不像平常的我。接著我一句話也沒對小姑娘說，只是跟平常一樣獨自用餐。

接近傍晚，我依然悶悶不樂，便請小姑娘回去了，事後又覺得有些後悔，只好若無其事地再次走到陽台。我和剛才一樣（但這次妳不在身旁）茫然地俯視依舊積雪重重的山谷，忽然見到有人緩緩穿過了枯木林，在山谷內來回張望，然後爬坡朝這裡而來。我一面納悶那是誰，一面觀察他，發現原來是神父，他好像在尋找我的小木屋。

十二月十四日

昨天傍晚我與神父約好了，於是今天依約去教堂找他。神父告訴我明天他就會關閉教堂，立刻啟程趕往松本，與我聊天時他還三番兩次去看雜工收拾行李的狀況，不時交代幾句。神父一直重複對我說，他想在這座村莊收一名信徒，但眼看就要離開了，令他感到十分遺憾。我腦海中立刻閃過昨天在教堂見到的看似德國人的中年婦女，正想詢問神父那名女子的事，又突然怕被神父誤會，以為是我自己要受洗……

我們的對話變得牛頭不對馬嘴，幾次險些中斷。不知不覺之間，兩人都陷入沉默，坐在燒得過旺的火爐旁，透過玻璃窗仰望冬日的晴空。這天風很大，小小的雲朵被拆成一片片棉絮，飛過天際。

「只有在天寒地凍又有風的日子，才能看到這麼美麗的天空，對吧？」神父悠悠地說道。

「是啊，只有在天寒地凍又有風的日子，才……」我像鸚鵡一樣複述一遍。神父隨口說的這句話，不知為何觸動了我的心……

在神父那裡待了一個鐘頭後，我回到小木屋，發現郵差送來了一個小包裹。原來是我許久以前訂購的里爾克《安魂曲》，與其他幾本書一塊寄來了。包裹上貼了好幾張託運單，看來是幾經轉寄才終於來到我手上。

夜晚，我做完就寢的準備後，便在火爐旁坐下，伴著三不五時呼嘯而過的風聲，讀起了里爾克的《安魂曲》。

十二月十七日

又下雪了，這場雪從早上起就幾乎沒有停過，眼前的山谷在我眺望時再度變得一片雪白。冬天愈來愈深了，今天的我依然整日窩在火爐旁，不時到窗邊盯著白雪皚皚的山谷出神，一會兒後又回到火爐前，埋首於里爾克的《安魂曲》。讀著讀著，我不禁痛恨起自己優柔寡斷的心，為何直到現在，我仍不願讓妳安息，仍不停地索求妳回來⋯⋯

逝者已矣，我任憑他們離去。
與傳聞不同，他們各個意志堅定，
把死看得雲淡風輕，甚至歡天喜地，教人驚訝不已。
唯獨妳——唯獨妳回來了，
妳掠過我，在我身邊徬徨，撞到物品，
物品因妳而發出聲響，洩漏了妳的蹤跡。
不、不要抹煞我辛苦學會的教訓，

正確的是我，錯的是妳。
妳可能被誰勾起鄉愁，但他就算在妳我眼底，
他也不存在於這裡，從見證他的那一刻起，
他就只是從我們心中投射的倒影。

十二月十八日

雪終於停了。我抓準放晴的時機，跑到山谷後還沒去過的森林，一路往深處探險。附近樹上的積雪不時轟隆一聲滑落，在飛揚的雪沫中，我興奮地在樹林間穿梭。這裡顯然還沒有人來過，不過到處都有疑似兔子跳來跳去的痕跡，偶爾也能看到一連串像是山雞的腳印橫越小徑……

可是，無論我走多遠，森林都宛如沒有盡頭，再加上疑似雪雲的雲團逐漸籠罩住森林上空，於是我放棄繼續深入，改成途中折返，但我好像走錯了路，不知不覺間跟丟了自己的腳印。我突然害怕起來，只能一路踏過重重積雪，朝我覺得應該是小木屋

的方向趕去。趕路時，我隱隱約約聽到自己身後出現了另一人的腳步聲。聲音非常輕，輕到若有似無，那絕對不是我的足音……

但我一次都沒有回頭，只是繼續趕路離開森林。我覺得自己的心彷彿被什麼給揪住了，只能任憑昨晚讀完的里爾克《安魂曲》最後幾句脫口而出。

別再回頭，那麼妳就能耐得住別離，
也能善盡故人的職責，於逝者之間安息。
但若妳不會分心，請助我一臂之力，
一如在天涯之外守護我——活在我心裡。

十二月二十四日

晚上，我受邀到村裡小姑娘的家中，過了一個寂寞的聖誕節。儘管這座山村在冬天時非常冷清，夏天時卻會湧入大量外國人，因此一般村民也有樣學樣，跟著歡度佳節。

大約九點，我離開村莊，一個人從泛著雪光的山陰走回小木屋。穿過最後的枯木林時，赫然發現有幾縷幽光灑在路旁被積雪蓋成一大塊的枯灌木叢上。我感到很詫異，為什麼這裡會有這樣的光芒？環顧別墅林立的山谷，才發現只有一棟房子的燈是亮的，它就蓋在山谷頂端，儼然是我的小木屋……「哎呀，我居然一個人住在那樣的山頂。」我心想，慢慢爬起坡道。「以前我都沒有注意到，小木屋的光居然能照到這麼下面的樹林裡，看……」我對自己說道：「看那邊，還有這邊，雪上斑駁的小光點幾乎灑遍了整座山谷，原來那都是我小木屋的火光……」

終於爬完山坡，回到小木屋後，我站在陽台上，打算再次看看這個小木屋的燈火究竟把山谷照得多亮。然而從這裡觀察，屋裡的燈火其實只在周圍投下一圈微光，微光在遠離小木屋後變得愈來愈模糊，與山谷的雪光融為一體。

「什麼嘛，剛才看起來那麼亮，在這裡觀察卻只有這麼一點光？」我洩氣地自言自語起來，盯著光影發呆，腦海中突然冒出一個想法：「──這些光影豈不就是我的人生寫照嗎？我以為我的人生只籠罩著幽光，實際上那光芒可能和這小木屋的燈火一樣，遠比我想像中的還要燦爛。不論我是否有自覺，那些光芒都會默默發亮，守護著我……」

這突如其來的感悟，令我在映著雪光的冰冷陽台上，佇立了許久許久。

十二月三十日

好個寧靜的夜晚。今晚我也一樣，任憑自己沉浸在思緒裡。

「與常人相比，我可能沒有特別幸福，但也不至於不幸。我們曾被幸福與否搞得忐忑不安，但如今我已經可以雲淡風輕地忘掉它們。也許此時此刻的我，反而更接近幸福。不過，真要說起來，最近我的心還是有些悲傷，頂多在幸福門前徘徊——但這並不代表我過得不好……我現在的日子很自在，也許是因為我斷絕紅塵、離群索居，但真正讓我這個懦夫學會這樣生活的，其實是妳。可是啊，節子，我從不認為我是為了妳才讓自己面對孤獨。在我的認知中，我只是在滿足自己的任性。又或許我真的是為了妳，但我早就習慣了妳對我過於奢侈的愛，才會以為是在自我滿足。為何妳能夠那麼無私地愛我，對我毫無所求呢……？」

想著想著，我心血來潮，起身走出了小木屋。像往常一樣站在陽台上時，正好響起了陣陣呼嘯的風聲，那聲音聽起來非常遙遠，應該是從這座山谷背後傳來的。我繼續站在陽台上豎起耳朵，彷彿只為了聆聽從遠方颳過的風聲。橫亙在我眼前的這片山谷，剛開始只是在雪光下隱隱發亮的一團東西，可是看了一陣子後，或許是我的眼睛逐漸適應了，或許是我在不知不覺中補上了自己的記憶，山谷的輪廓和形狀居然一一浮現，頓時讓我覺得一切都變得和藹可親，成了名副其實的幸福之谷。或許住習慣以後，我也能和大家一樣如此稱呼它……畢竟山谷的另一頭狂風呼號，這裡卻如此寧靜。不過，我的小木屋後方偶爾還是會傳出窸窸窣窣的聲音，那八成是風從遠方颳過時引起的枯枝摩挲聲。有時風的尾巴也會將幾片落葉從我腳下捲到其它落葉上，沙沙作響……

◎作者簡介

堀辰雄・ほり たつお

一九〇四—一九五三

昭和時期小說家，一九〇四年出生於東京。畢業於東京大學國文科，師事室生犀星、芥川龍之介。一九三〇年發表以芥川龍之介為原型的小說〈神聖家族〉確立文壇地位，深受法國文學影響，著重心理描寫與分析，擅寫生命與死亡。後因結核病頻繁往返於東京和輕井澤療養院，於輕井澤邂逅未婚妻矢野綾子。一九三五年未婚妻死於結核病，隔年執筆以未婚妻的愛與死為主題的小說〈風起〉，一九四一年發表人生唯一長篇小說〈菜穗子〉，獲第一屆中央公論社文藝賞。二作皆以通過凝視死亡肯定生命價值為主題，為堀辰雄生涯代表作。

堀辰雄小說名作選

直到生命的最後一刻，都要好好活著

書　　名　堀辰雄小說名作選：直到生命的最後一刻，都要好好活著
作　　者　堀辰雄
譯　　者　蘇暐婷
策　　劃　好室書品
特約編輯　霍爾
封面設計　謝宛廷
內頁美編　洪志杰

發 行 人　程顯灝
總 編 輯　盧美娜
美術編輯　博威廣告
製作設計　國義傳播
發 行 部　侯莉莉
印　　務　許丁財
法律顧問　樸泰國際法律事務所許家華律師

藝文空間　三友藝文複合空間
地　　址　106 台北市安和路 2 段 213 號 9 樓
電　　話　(02)2377-1163

出 版 者　四塊玉文創有限公司
地　　址　106 台北市安和路 2 段 213 號 9 樓
電　　話　（02）2377-1163、（02）2377-4155
傳　　真　（02）2377-1213、（02）2377-4355
E-mail　service@sanyau.com.tw
郵政劃撥　05844889 三友圖書有限公司

總 經 銷　大和書報圖書股份有限公司
地　　址　新北市新莊區五工五路 2 號
電　　話　（02）8990-2588
傳　　真　（02）2299-7900

初　　版　2024 年 5 月
定　　價　新台幣 400 元
ISBN　978-626-7096-87-1（平裝）

國家圖書館出版品預行編目 (CIP) 資料

堀辰雄小說名作選：直到生命的最後一刻，都要好好活著 / 堀辰雄 著；蘇暐婷 譯 .-- 初版 . -- 台北市：四塊玉文創有限公司，2024.05
192 面；14.8X21 公分 . --（小感日常：24）
ISBN 978-626-7096-87-1（平裝）

861.57　　113004657

SANYAU http://www.ju-zi.com.tw 三友圖書 友直 友諒 友多聞

三友官網　三友 Line@

日常小感